DE MON PLEIN GRÉ

DU MÊME AUTEUR

À LA DEMANDE D'UN TIERS, *roman*, Grasset, 2019.

MATHILDE FORGET

DE MON PLEIN GRÉ

roman

BERNARD GRASSET
PARIS

ISBN 978-2-246-82716-0

À Sol et Marcia

À Clémence

« Comme un chien ! » dit-il. C'était comme si la honte devait lui survivre.

Le Procès, Franz KAFKA

1.

Je me suis livrée à la police moi-même. J'essaye d'enlever la crasse coincée sous mes ongles mais c'est compliqué. Il en reste toujours un peu. Il me faudrait une fine lame comme la pointe de mes ciseaux en acier, ceux rangés avec ma brosse à dents sur l'évier de ma salle de bains. Mes ongles sont suffisamment longs pour se salir mais trop courts pour m'aider à racler cette terre. Il faudrait que je me lave les mains. Je veux me laver les mains. Non, ce n'est pas ça. L'idée ne vient pas de moi. En ce moment, je ne pense pas à ma saleté comme à un problème. Ça m'occupe, c'est tout. Mais en entrant dans le bureau, l'un d'eux s'est adressé à moi.

Vous pouvez aller vous débarbouiller
si vous voulez.

Sur le moment, j'ai poliment refusé. Puis, je n'ai pensé qu'à ça. Sans la fine lame de mes ciseaux, la crasse ne fait que se déplacer, d'un ongle à l'autre. Celui qui nettoie se retrouve à son tour noirci. Je n'ai jamais utilisé de coupe-ongles, le fait que le morceau sectionné soit projeté je ne sais où me pose problème. Je pourrais utiliser l'angle plastifié de mon permis de conduire qui se trouve dans mon portefeuille mais il n'est plus dans ma veste. Mes poches sont vides. En observant cette crasse marron clair sous mes ongles, je repense à la phrase.

Vous pouvez aller vous débarbouiller
si vous voulez.

Et en associant les deux, c'est devenu une obsession pour moi, de l'eau, du savon, et la mousse de leur rencontre. Car s'ils me l'avaient proposé, c'est que je devais en avoir besoin. Je dois en avoir besoin. J'en ai besoin. C'est vrai, c'est assez dégueulasse toute cette merde au bout de mes doigts. Il faut que ça parte. Je redresse la tête et avale un peu de salive pour réveiller mes cordes vocales engourdies et je leur demande si je peux aller me laver les mains. En souriant, et calmement, ils me répondent que ce n'est plus le moment. J'aurais dû réagir plus tôt et accepter leur proposition. J'ai été trop lente. Je regrette. Mais le temps que ma tête se baisse à nouveau pour fixer mes pieds, je n'y pense plus. L'envie me passe, peut-être parce qu'elle ne venait pas de moi au départ. Ce n'était pas *viscéral*. Au fond, certainement, je m'étais sentie sale seulement parce qu'ils l'avaient supposé. Ils supposent, donc je suis.

Je me suis livrée à la police moi-même. C'est Jeanne qui a fini par me le dire. J'avais oublié. J'imaginais probablement qu'ils étaient venus me chercher, chez moi, me sortant par le colback, menottes aux poignets. Mais ce dimanche matin, aux alentours de 8 h 30, en réalité, je me suis rendue toute seule au commissariat. De mon plein gré.

Je crois que vous avez besoin
d'aller aux toilettes.

Au moment de m'attaquer au nettoyage, approximatif, de mon annulaire droit, ils m'ont de nouveau proposé de passer aux toilettes. Mais pour une autre raison cette fois. Avec ce ton certain qu'il serait urgent que j'y aille, comme si j'étais un enfant incapable de prévenir avant la catastrophe. J'ai pensé, à mon âge, je le saurais si j'en avais besoin. Et sans l'avoir vu venir, ils ne m'ont même plus demandé mon avis. Jeanne m'a prise par le bras et m'a levée de la chaise. Elle n'a pas eu besoin d'insister pour que mon corps la suive. Avec sa main entre mon coude et mon aisselle, j'ai senti, contre ma peau, le froid humide de ma sueur. D'habitude je ne transpire pas. Je ne sais pas si c'est elle qui avait prononcé la phrase. Je ne sais pas si c'est elle qui voulait que j'aille aux toilettes. C'est en tout cas elle qui a pris les devants face à mon indécision.

Je crois que vous avez besoin
d'aller aux toilettes.

Depuis que ça a commencé, je n'arrive pas à distinguer de différence dans leurs voix. Leurs timbres apparaissent identiques. Et je ne sais pas s'ils le font exprès mais ils prennent la parole lorsque je ne les regarde pas. Et dès que, relevant la tête, je m'apprête à le faire, leurs bouches sont closes. J'ignore si c'est un jeu de leur part ou si ma tête ne sait plus se tenir autrement qu'en position basse, m'empêchant ainsi de savoir systématiquement qui me parle. La honte, celle de se livrer, m'impose de regarder mes pieds.

Nous approchons des toilettes après avoir parcouru un long couloir. Jeanne m'indique où aller en restant à côté. Je l'entends juste derrière la porte. J'enlève mon pantalon et m'agrippe au distributeur de papier accroché au mur pour ne pas poser mes fesses, parce que cela me dégoûte. Dans la cuvette, mon urine est rougeâtre. Il y a comme du sang. Je pisse un long moment tout en continuant de fixer mes chaussures. Je constate alors qu'effectivement, j'avais besoin d'aller aux toilettes. Comment savaient-ils ? Et que savent-ils d'autre que j'ignore encore ?

QUESTION : Que vous a-t-elle déclaré en premier ?

RÉPONSE : Elle m'a appelé avec son téléphone portable à 08 h 16. Elle était en pleurs, complètement paniquée, elle m'a déclaré qu'elle avait fait une bêtise.

2.

Bon, on va tout reprendre depuis le début.

Nous sommes dimanche matin. Le mois d'octobre est particulièrement doux cette année. Presque trop chaud. Rien n'encourage à rentrer le soir. On peut sortir en tee-shirt et les nuits aussi sont douces, alors certains en profitent pour faire durer l'été. Les shorts qui s'effilochent jouent les prolongations sur les trottoirs. Et puisque c'est rare en cette période de l'année, on finit par être attendri par le bruit d'une paire de tongs en caoutchouc. *On reconnaît le bonheur au bruit qu'il fait en partant*, disait le poète. *Clap clap clap clap*. Ce qui nous agaçait en août nous réconforte en octobre. Malgré la température, mes chaussures sont fermées, le lacet bien tiré. Je sais. La pudeur m'habille chaudement toute l'année depuis longtemps.

Bon, on va tout reprendre depuis le début.

Le Major se lève pour ouvrir une des deux fenêtres, faisant tomber le paquet de cigarettes qui reposait sur le rebord. Immobile, il regarde dehors. En silence. J'entends à peine le bruit de la rue. Mon oreille gauche est sourde. Et à cause de cela, je perds parfois l'équilibre. Il faut une oreille de chaque côté pour pouvoir estimer l'horizontalité des choses et tenir vertical. Je dois écouter de profil pour entendre ce que le Major me dit. Je crois que mon tympan gauche est perforé. J'ai mis un peu de temps à le comprendre mais maintenant c'est intégré dans mon corps. Pour mieux entendre, je tourne la tête.

Bon, on va tout reprendre depuis le début.

Le Major met une main dans sa poche, puis l'autre. Lentement. Sans y penser, je suppose. La montre à son poignet accroche le tissu de son chino et par la force des choses, elle est légèrement remontée sur son avant-bras. Le métal s'est mis à mordre la chair. À cet instant, un peu de salive réveille ma gencive anesthésiée, d'abord au fond de ma bouche, au niveau des molaires, puis, suivant l'arrondi de la muqueuse rosée, jusqu'à mes canines pour s'arrêter là. Le goût du rhum n'a pas encore quitté ma langue et mes narines expulsent un air salement chaud. Moins dense que le froid, cet air-là s'échappe rapidement vers le plafond pour y rester, presque gêné de ce que son odeur pourrait avoir à raconter de la nuit passée. Le Major devrait monter sur son bureau, lever le menton et humer de toutes ses forces pour en savoir plus.

Il doit avoir une fille de mon âge. Alors ça l'inquiète. Il ne voudrait pas qu'elle puisse se retrouver à ma place. Il se demande comment j'ai pu faire ça. Et est-ce que ça pourrait arriver à sa choupette. C'est comme ça, on se demande toujours en premier lieu si ce que l'on nous raconte pourrait nous arriver. Le Major est certain qu'à lui, rien de tout cela ne serait arrivé. Il aurait fait autrement. Il n'est pas stupide. Alors il pense à sa fille. Elle n'est pas spécialement stupide, ce n'est pas ça, elle n'est pas stupide mais il en est responsable, voilà pourquoi il y pense. Est-ce que ça pourrait arriver à sa choupette, une histoire comme ça ? Une qui sent le vilain mélange rhum-coca dans une bouteille en plastique. Pour le moment, le Major me donne encore une vingtaine d'années, je ne fais ni mon âge, ni mon sexe. Les personnes qui ne me connaissent pas se trompent. Et finissent par s'excuser exagérément. C'est apparemment la pire chose que l'on puisse vous faire, vous prendre pour le sexe opposé. Il y a quelque temps, le serveur du wagon-bar m'a prise pour une femme, puis pour un homme, puis pour une femme, puis son regard m'a demandé de l'aide pour que je lui révèle enfin le fin sexe de l'histoire. J'ai commandé un croque-monsieur. Bientôt, le Major apprendra que je ne suis plus une enfant. Et ça le rassurera un peu, il se dira, *Bon, à son âge on ne peut plus vraiment dire que c'est la faute de ses parents.* Et ça le rassurera en tant que père. Ce qui m'arrive ne peut pas arriver à sa fille. Il veille suffisamment sur elle pour ça.

Le Major n'a pas vu ni entendu le paquet de cigarettes atterrir près de sa chaussure. Juste à côté. Au son de l'impact au sol, je dirais qu'il en reste une quinzaine. Le Major n'a toujours rien vu. Moi, je l'ai vu tomber avant même que la chute ne se produise, poussé vers le vide par le battant de la fenêtre. Ça allait se produire. À moins que le Major ait brusquement eu envie de se gratter l'oreille ou le genou. Interrompant son geste, celui de l'ouverture de la fenêtre, son regard de nouveau en mouvement aurait sûrement aperçu le paquet en danger. De même si un collègue avait frappé à la porte. Si le téléphone avait sonné. Si un pigeon l'avait surpris. Si le voisin d'en face, muni de ses jumelles et observant la scène depuis le début, l'avait alerté. Ou si j'avais dit quelque chose. *Major, pensez-vous que parfois, il est impossible d'empêcher un événement avant même qu'il ait eu lieu ? Pensez-vous qu'avant chaque événement, il existe une fraction de fraction de seconde durant laquelle il ne s'est encore rien passé mais où il est déjà trop tard ?* Je fixe le paquet rouge au sol. J'imagine sa grosse semelle le broyer, le papier blanc des cigarettes se fissurer et libérer le tabac, les filtres s'aplatir. Si le Major pivote légèrement sur sa droite pour rejoindre son bureau, il l'écrasera. C'est certain. Je l'espère. Je veux qu'il écrabouille de tout son poids chacune de ses clopes. *Petite, je pense que la question n'est pas, est-il trop tard, mais plutôt, pour quoi exactement est-il trop tard ? Tant qu'il n'a pas eu lieu, un événement peut être de n'importe quelle nature.* Ses chaussures n'ont pas bougé d'un iota. Tout est encore possible. La nature de l'événement je la connais, une quinzaine de cigarettes gâchées, une petite envie de destruction satisfaite. Je desserre mes poings qui s'étaient fermés.

Dans le couloir, à mon arrivée au commissariat, un agent de police m'a prise en photo deux fois. Il m'a placée devant le mur et a ôté la capuche de mon sweat noir pour découvrir mon visage. Il l'a fait lui-même. Il a saisi mon bras et m'a tirée vers lui pour m'éloigner légèrement du mur afin que la capuche ne reste pas coincée derrière ma nuque, afin qu'elle puisse se glisser entre mon dos et le mur. Sur le premier cliché, je ferme les yeux et les poings. Calmement. Presque comme un nouveau-né.

Bon, on va tout reprendre depuis le début.

Le Major referme la fenêtre, tourne les talons, évite le paquet de cigarettes, l'aperçoit, le ramasse et le range dans sa poche. Fin de l'histoire. Avec la paume de sa main gauche, il replace le clavier en face de son écran en faisant grincer fortement le plastique. Mais cela ne provoque rien à l'intérieur de mes dents. Mes nerfs ne se tordent pas. Il fronce les sourcils pour se relire et utilise le curseur de la souris pour accompagner sa lecture. Puis, il me regarde. J'ai remis la capuche de mon sweat sur ma tête. Au bout de ma manche gauche, le tissu se défait et dessine comme une petite explosion, un feu d'artifice, un 14 juillet au bout d'un ourlet trop usé. C'est un vieux sweat acheté lorsque j'étais au collège. Mon corps ne prend pas plus de place qu'à cette époque. Hier, au dernier moment, j'ai finalement décidé de sortir. Au dernier moment. Et de choisir une tenue pour l'occasion. La tenue d'un samedi soir comme une paire neuve de chaussettes blanches. Je n'étais pas certaine d'assumer ce blanc éclatant à mes chevilles mais Lola a fini par me convaincre. Lola a du style, c'est indéniable. Je desserre mes poings. Je sens encore le tabac fumé dans la nuit. Certaines odeurs sont si fortes qu'elles sont visibles. Je vois sur mes doigts plusieurs mégots écrasés au pied d'un banc dans un parc. Le Major devrait vraiment s'approcher et me renifler.

Sur le deuxième cliché pris dans le couloir par l'agent de police, j'ouvre les yeux. Dans le bureau du Major, l'horloge rouge indique 9 h 16. Nous sommes dimanche, jour de repos, ou de résurrection. Les deux peut-être. L'un après l'autre. Comme ces deux photos montrant d'abord mon visage endormi, puis réveillé mais changé. Entre les deux photos, avais-je rouvert les yeux parce qu'on me le demandait ?

Bon, bon, bon, bon, bon, on va…

Certaines personnes définissent l'amorce de leurs récits très avant qu'ils ne démarrent réellement, en ajoutant au passage des détails à chaque coin de phrase, produisant ainsi des odyssées interminables. *Ils étaient au logis, tous les autres héros, tous ceux qui, de la mort, avaient sauvé leurs têtes : ils avaient réchappé de la guerre et des flots. Il ne restait que lui à toujours désirer le retour et sa femme, car une nymphe auguste le retenait captif au creux de ses cavernes, Calypso, qui brûlait, cette toute divine, de l'avoir pour époux.* Ainsi commence celle d'Homère. C'est là, en pensant à Ulysse, que j'ai remarqué la tache sur mon pantalon. Et en constatant l'écume jaunâtre de son contour, j'ai compris qu'elle avait déjà eu le temps de sécher. Je m'étais pissé dessus. Et ce pantalon n'était pas à moi.

QUESTION : Qu'avez-vous entendu cette nuit-là ?

RÉPONSE : Je n'ai rien entendu cette nuit-là. La petite jeune femme est plutôt sympathique même si elle ne dit pas toujours *bonjour* à mes enfants. J'en ai quatre.

3.

*S'il avait sa main dans votre bouche,
il ne vous tenait pas.*

Malgré les apparences trompeuses, la phrase du Major est une question. Lorsqu'il attend une réponse de ma part, il immobilise ses doigts environ deux centimètres au-dessus du clavier, interrompant un instant le *tac tac tac* des touches qu'il frappe avec vigueur. C'est un vieux clavier, dont le relief exagéré rappelle l'époque des baladeurs CD et de Jacques Chirac. Après avoir immobilisé ses doigts, il me regarde. Il attend une réponse. Le Major est grand et svelte. Il doit faire pas loin de 1,90 m. Moi, je lui arrive au sternum. Je le sais car en arrivant au commissariat, sans prévenir, j'ai presque blotti mon visage contre son torse. Il porte une chemise à motifs discrets qu'il coince régulièrement dans son pantalon en rentrant de manière excessive son ventre qui pourtant ne prend aucune place. Il n'a pas de gueule particulière. Sa grande taille pourrait être sa particularité physique. S'il montait sur son bureau, sa tête toucherait le plafond. Son extrême maigreur pourrait être sa particularité physique, visible lorsqu'il est entouré de ses baraqués collègues, comme Jeanne, dont les avant-bras sont tatoués. Jeanne est particulière.

Régulièrement, il ajuste la distance entre son corps et le bureau en donnant des petits coups de bassin. Les roulettes de sa chaise sont vieilles, ou peut-être est-ce la matière du revêtement qui accroche. Une chaise roulante roulant avec difficulté, c'est pénible à vivre. Et c'est pénible à voir. Je n'arrive pas à définir précisément la couleur du sol dans le bureau du Major. Composée de plusieurs petites taches, elle change selon la distance à laquelle on la regarde. Je revois celle du carrelage dans l'entrée de mon appartement, je l'avais toujours pensée grise. C'est le sang qui a fait ressortir sa couleur rose pâle. Le sang était rouge, brillant, beau. Puis marron, mat, déprimant, lorsque les collègues du Major l'ont pris en photo. Une fois séché, le sang perd de sa superbe et finit par avoir la dégaine des vestiges d'un petit-déjeuner de tartines au chocolat.

Je dois raconter à partir de quand ?

Je n'essaye pas d'échapper à la justice, j'ai oublié, c'est tout. Lorsque je suis arrivée au commissariat ce matin, j'ai demandé à voir le capitaine, l'inspecteur, le détective, le chef, le patron. Je savais déjà que mon affaire était grave. Le commissariat est en bas de chez moi, dans la même rue. J'ai poussé sa lourde porte grise vers 8 h 30. Je suis minable et je me rends. C'est rare mais ça arrive que le coupable se rende. Peut-être à cause du poids de la culpabilité, peut-être aussi après avoir intégré cette idée de dette à payer à la société. Donner du sens à ça. Et parfois, celui qui a commis le crime se défend d'être coupable. Il a tué, oui, mais ce n'est pas de sa faute, il dit si on refait l'histoire tous ensemble calmement, depuis le début, la société comprendra qu'il a été poussé au crime, que tout ça ce n'est pas de sa faute. Le dysfonctionnement, ce n'est pas lui.

S'il avait sa main dans votre bouche,
il ne vous tenait pas.

Ce n'est pas la syntaxe mais le ton qui fait apparaître la question. C'est déconcertant que le Major attende une réponse de ma part concernant quelque chose qu'il affirme. C'est sa manière à lui de me parler avec un air de dire, *moi je dis ça, je dis rien*. Il est impossible de dire sans dire. Je veux dire, j'ai déjà essayé, c'est impossible. On pourrait croire que feindre l'interrogation adoucit l'affirmation en laissant à l'autre la place pour donner son avis, mais c'est faux, c'est encore plus impérieux qu'une affirmation péremptoire. Ce petit temps de silence suggérant la possibilité d'une réponse de ma part ne me quittera plus jamais, bloqué dans ma tête comme un espace où rien, jamais rien ne peut être résolu, mais où toujours j'essaierai. Terrible, ce Major.

S'il avait sa main dans votre bouche,
il ne vous tenait pas.

Mes mains sont petites. Proportionnelles au reste, petit aussi. Si je montais sur le bureau du

Major, les bras tendus, je ne toucherais même pas le plafond. Je suis de sexe féminin mais ressemble à un enfant de sexe masculin, voilà tout. Ma peau fine laisse apparaître en transparence des veines bleu-vert souvent gonflées, peu élégantes. Elles me rappellent les ruisseaux des montagnes qui grossissent à la fonte des neiges. L'hiver, le lit du canal qui longe la maison de ma grand-mère est vide, c'est sa contribution pour blanchir les sommets. Ce qui apparaît en premier, ce sont les traces laissées par l'eau. L'absence est une présence tyrannique. Plus tard, la nouvelle saison le remplira de nouveau. À la manière du sang qui afflue abondamment dans les veines parfois. Là-haut, dans les montagnes, personne ne me pose de question. Car généralement, l'effort demandé par l'exercice de la marche essouffle les curieux au point de les faire taire. J'aime les randonnées pour ça, elles obligent les bavards à faire un choix.

— Je… (essoufflement) ta copine… (essoufflement) ce soir-là. (essoufflement) T'avais… tu peux me passer la gourde s'il te plaît ?

— Tiens.

Le Major se trompe souvent, je le vois bien, à la manière qu'il a de revenir fréquemment écraser la touche retour arrière. C'est visible quand il *efface, efface, efface*... Il n'est pas spécialement doué pour la dactylographie. C'est laborieux. Je ne le juge pas. Sa lenteur me sert. En face de lui, je bafouille et j'hésite. J'ai peu de réponses. Et si je veux aller aux toilettes, un agent de police doit m'accompagner. Pour moi aussi, c'est laborieux. Alors lui, mauvais comme il est à taper péniblement sur son clavier, il me réconforte. Car je suis nulle en face d'un nul.

Retour arrière, retour arrière, retour arrière... La dactylographie est une part importante de son travail. Mais il ne suffit pas de pratiquer pour progresser, il faudrait que le Major prenne des cours. En y consacrant une à deux heures par jour, un mois suffirait pour qu'il gagne en dextérité. Ses hésitations me laissent seule avec ce que je viens de dire. Ce n'est pas agréable. Il faudrait que ses mouvements deviennent automatiques, presque inconscients, pour ne plus avoir à se concentrer sur le processus de frappe. Le plus important est d'utiliser ses dix doigts.

Le Major n'en utilise que cinq. Moi, trois seulement, mais ce n'est pas mon métier. Ce que je fais pour gagner de l'argent ne requiert aucune compétence, aucun savoir. Rien. Et lorsque d'autres me voient en poste, ils se le disent. Ils se disent que je ne dois rien savoir faire, sinon je ferais autre chose que rien. Pour ma part, je ne suis pas certaine de cela. Je ne pense pas que l'on ait toujours intérêt à faire le maximum de ce que l'on est capable de faire. Je souhaite conserver de la marge. Ça ne se voit pas au premier abord, car il est caché dans la poche de ma veste noire, mais je peux être amenée à utiliser un talkie-walkie. Certains jours, si j'ai besoin de me sentir valorisée, je garde l'appareil à la main, bien visible, l'approchant de temps à autre de mon oreille, mimant ainsi une action en cours dont je ferais partie. Les regards changent. À vrai dire, et disons vrai, ils ne changent pas, ils apparaissent. Sans mon talkie-walkie à la main, personne ne me voit. Mon job est une cape d'invisibilité.

Le Major porte un revolver à la ceinture. Avant de s'asseoir, il le dépose sur son bureau. C'est un

Beretta 92FS. Le Beretta 92FS a remporté les JO de Melbourne en 1956 et ne cesse de sortir victorieux de compétitions importantes de ball-trap. Il est gris avec deux pièces noires au niveau du manche sur lesquelles est incrusté en poinçon le logo de Beretta, trois cercles devant trois flèches pointant le ciel. J'ai longtemps cru qu'il représentait un bateau à trois mâts sur l'océan. J'ai, moi aussi, pour habitude de tirer avec ce modèle-là.

Lorsque je lui raconte, en même temps qu'il le tape péniblement, le Major reprend ce que je dis à voix haute, en s'appropriant le *je*. *J'étais* (un temps) *avec* (un temps) *une amie place de la Bastille.* Alors, pour lui faire dire des choses, il me suffit de les dire moi-même.

— Je devrais prendre des cours de dactylographie mais j'ai la flemme.
— Pardon ?

Erreur, il ne suffit pas. Et puis le Major ne répète jamais exactement ce que je dis, il modifie toujours un peu la phrase, suggérant ce que je cherchais à dire dans le fond. Certaines personnes font ça. Comme ma cousine l'été dernier.

— Ah, tu veux dire que tu n'aimes pas te baigner quand il y a trop de monde.

— Non, non, ce n'est pas ce que je veux dire, sinon c'est ce que j'aurais dit.

J'ai dit, *Je n'aime pas les plages bondées.* Je ne parle pas de baignade, et même si je suis en maillot de bain au moment de prononcer la phrase, si je n'évoque pas la baignade, pourquoi prétendre que je parle de ça ? (longtemps, j'ai aimé le mot *prétendre*, pensant qu'il signifiait « avant la tendresse ». Longtemps, je me suis trompée). Le Major, donc, modifie toujours un peu la phrase, suivant un objectif de clarté soi-disant entendu entre nous. Il reformule. Ce qui entraîne la première modification de ma parole. D'autres suivront.

— J'étais avec une amie place de la Bastille, on sortait d'une boîte de nuit.

— J'étais avec Mademoiselle Géraldine R. (un temps) au niveau des marches *efface efface efface* de la place (un temps) de la Bastille aux alentours *efface efface efface* de 2 h 30 du matin car nous souhaitions boire un dernier verre.

Ma parole est aussi bouleversée par les précisions qu'il me demande de faire, sans noter dans le procès-verbal que je les ai faites à sa demande. En lisant les témoignages dans d'autres affaires, je constate que certains récits semblent passer régulièrement du coq à l'âne à cause de ça :

Tous les mardis je vais chercher ma fille au collège aux alentours de 15 h 45. Elle est en 6ᵉ. Son père et moi sommes séparés. La boîte à gants n'a pas de serrure. J'ai arrêté la compétition assez tôt. Je n'aimais plus le patin.

Les interrogatoires sont des dialogues dont certaines répliques ont été effacées, donnant alors au discours de l'interrogé une allure pas nette de gueule cassée. Je chipote. Je sais. Mais l'affaire est criminelle. Les mots sont importants. Le procès est verbal.

S'il avait sa main dans votre bouche,
il ne vous tenait pas.

Je pourrais mettre mon poing dans la bouche du Major et lui demander son avis. C'est souvent dans les situations les plus intrigantes que l'on n'ose pas poser de questions. À quelqu'un qui ôte son pull, je peux dire, *Tu as trop chaud*, mais au Major je ne dirai jamais, *De quoi suis-je coupable déjà ?*

S'il avait sa main dans votre bouche,
il ne vous tenait pas.

Mes doigts sont dodus, peu élégants, je ferme mon poing et les os des phalanges proximales tirent sur la peau, faisant apparaître quatre boules osseuses que l'on utilise parfois pour connaître le nombre de jours du mois en cours. Dans les creux, 30 jours, sur les os, 31. Pour le mois en cours : octobre… sur un os. Je mets une main dans ma bouche. Je mets ce que je peux. En gardant le pouce à l'extérieur, je peux engloutir jusqu'au mois de février. De la bave commence à couler le long de mon menton, s'échappant de ma lèvre inférieure. Quelques gouttes atterrissent sur mon autre main, restée sur ma cuisse en poing serré. Le Major me regarde, mal à l'aise, puis retourne à son écran et passe à la question suivante.

Après être arrivée au commissariat de mon quartier, l'agent de police m'a rapidement informée qu'une brigade spéciale allait s'occuper de moi. Mon affaire, puisqu'elle est criminelle, requiert des flics de haute voltige, de la trempe de ceux qui enquêtent en jean, chemise et veste en cuir. De ceux qui mangent un sandwich, planqués dans leur voiture. D'un commissariat à l'autre, je suis transférée à 150 km/heure, en faisant s'écarter les voitures sur le périphérique intérieur. Nous sommes passés par le sous-sol et nous avons pris l'ascenseur, moi, le Major, Jeanne et un autre agent de police qui n'est resté dans ma mémoire qu'un figurant. Une silhouette, pour être tout à fait honnête. Soyons honnête. Au cinéma, une silhouette est un peu plus identifiable qu'un figurant et peut avoir une ligne de dialogue. Mais parfois, cruellement, le montage transforme les silhouettes en figurants, et les figurants en *Oh non, j'ai été coupé au montage*. Au deuxième étage, dans le couloir, j'ai été prise en photo deux fois, et Jeanne m'a indiqué la chaise où m'asseoir dans le bureau du Major.

Constatons la présence d'une trace « hématome » au niveau du cou côté droit. Précisons prendre un cliché photographique de cette trace, cliché qui fera l'objet d'un placement sous cote judiciaire.

4.

Vous portiez lequel hier soir ?

Il me fallait leur dire qui je suis le jour où je le savais le moins. Il est 14 h 57. Major me demande de rester dans la cuisine. J'obéis. De là où je suis assise, je peux voir une partie du salon encore vide et le carrelage rose pâle du couloir. Dans l'entrée, trois hommes s'affairent. Ils n'étaient pas avec nous au départ du commissariat, ni dans la voiture, ni devant mon immeuble. Je ne sais pas quand ils sont arrivés. Mais je comprends qu'ils sont là pour inspecter mon appartement. Deux d'entre eux sont vêtus d'une combinaison intégrale en polychrome jetable blanche. Ils sont de la DCPJ, la Direction centrale de la Police judiciaire, également appelée la brigade du Tigre. L'un des deux s'approche du réfrigérateur et je sais très bien quelle déconvenue l'attend. Car la porte s'ouvre du côté inhabituel. Il va tirer un moment sur le côté gauche, s'acharner presque, avant de me regarder, attendant une explication. Je prie, je prie de toutes mes forces, pour qu'il tire du côté droit. *Du côté droit, du côté droit, du côté… Putain, mais quel con ! C'est pas possible d'être aussi bête ma parole d'honneur ça me rend malade.* Je prie fort, car celui qui tente d'ouvrir mon frigo du mauvais côté me donne envie de me taper la tête (ou la sienne) très fort contre les murs.

Il s'ouvre de l'autre côté.

Mon frigo est vide. Comme toujours. J'ai peu d'appétit, et ça gêne mes amis, mes collègues, et mes amantes. Parfois, on me quitte pour ça. Je pourrais manger un bœuf pour que l'on arrête de me quitter à cause de ça. Un jour, mon désintérêt pour la nourriture me coûtera cher. Les deux hommes se promènent un peu partout dans mon appartement. La brigade du Tigre, c'est impressionnant, oui, mais ça n'empêche que ces deux-là, en combinaison intégrale blanche, ressemblent plus à des chamallows qu'à des félins. L'un est muni d'un appareil photo. L'autre dispose au sol, à différents endroits, des cavaliers, des petits cônes jaunes numérotés. Ils récoltent des indices, ou des preuves, ou des indices.

La preuve est la démonstration de la réalité d'un fait, d'un état, d'une circonstance ou d'une obligation. Un indice est une catégorie de trace dont l'interprétation permet de reconstituer un fait.

Serge Braudo, *Dictionnaire du droit privé.*

L'indice conduit à l'événement que la preuve rend réel. Sans preuve, l'événement ne peut être considéré comme réel. L'indice concerne une interprétation, tandis que la preuve concerne une démonstration. Ce qui les différencie fondamentalement, c'est la science. Ce que l'individu (non scientifique) interprète est un indice, ce que le scientifique démontre est une preuve. Les paraphrases permettent d'être clair. Tâchons de l'être. Les exemples aussi. J'en ai un : le ventre arrondi est l'indice d'une grossesse, l'échographie en est la preuve. Les chamallows récoltent des indices, peut-être des preuves. À ce stade de l'enquête, personne ne peut le savoir. Excepté moi. Ils prennent mes serviettes de bain, les deux, la bleue et la verte. Je pense à mon ciseau pour la crasse de mes doigts. Il n'est pas loin et j'en aurais bien besoin.

Le troisième technicien porte un pull couleur crème de marron avec une petite fermeture Éclair au niveau du col. Attention à ne pas se pincer la peau du cou. Il entre dans la cuisine, où je suis, et installe sur la table à côté de moi ses affaires. *Je vais relever vos empreintes.* Il fait rouler de gauche à droite sur un encreur chacun de mes doigts, puis répète le même geste sur une feuille comportant dix petites cases blanches. L'encre est de couleur noire. Il fait les gestes lui-même, je me laisse faire. Est-ce que toujours, lorsqu'il relève des empreintes, c'est lui qui fait rouler les doigts sur la feuille ? La poudre noire est partout sur mes mains. Mes empreintes sont relevées. La poudre a fait des traces tenaces sur la table blanche de ma cuisine.

— C'est sacrément austère chez vous. Vous êtes protestante ?

— Non. Dieu merci. Mais je viens d'emménager.

Je les vois faire des allers et retours dans les différentes pièces, puis se réunir dans ma chambre. Ils éteignent la lumière et nous plongent dans l'obscurité. Les Tigres sortent une lampe violette et la passent sur le sol, aux murs, et un peu partout. Je me lève pour regarder. Le Major me laisse faire. Pendant que l'un promène la lampe sur les différents supports, l'autre tient son appareil prêt à prendre des clichés. Mon appartement est une scène de crime. Quelque chose se grippe dans ma gorge. Je retourne m'asseoir dans la cuisine. Je prends une éponge pour frotter les traces d'encre et les faire disparaître.

Vous portiez lequel hier soir ?

Les petits cônes jaunes numérotés se déploient. Les 6 et 8 désignent deux tee-shirts noirs identiques. Et c'est un problème.

— Celui-là.
— Vous êtes certaine ?
— Non.
— C'est un problème. Vous achetez souvent des vêtements identiques ? Qui achète des vêtements identiques ?
— Les hommes d'affaires.
— Ah bon ?
— Oui, pour ne pas perdre de temps le matin à choisir une tenue.
— Et vous êtes un homme d'affaires ?
— Non.

Je sais déjà que lorsque le doute s'installe, la police embarque. Si je ne peux affirmer lequel de ces deux tee-shirts identiques je portais, ils vont prendre les deux. J'en portais un. L'autre séchait, sortant de la machine, sur le dossier de ma chaise. Maintenant, ils sont tous les deux au sol. Je m'approche. L'un des deux doit sentir la lessive. *Non, ne touchez à rien ! Il ne faut toucher à rien. Si vous n'êtes pas certaine, on embarque les deux.* Je retourne m'asseoir dans la cuisine. Je vois mes affaires finir au fond de grandes poches en plastique, mes tee-shirts, mes serviettes de bain, la bouteille de rhum-coca, mes culottes, et mon livre, *En finir avec Eddy Bellegueule*, le format poche. Les pièces à conviction de la nuit passée.

Une pièce à conviction est un objet saisi, placé sous scellés, conservé sous l'autorité judiciaire et nécessaire à la recherche de la vérité dans une affaire pénale.

Ils cherchent la vérité. Et je suis obligée de la chercher avec eux. Nous la cherchons dans mes affaires. Ils mettent sous scellés des objets de ma vie et les histoires qu'ils contenaient avant cette nuit-là sont effacées puisque inutiles à l'enquête. Maintenant tout, autour de moi, est soit un indice vers le crime soit sans intérêt. Les vérités d'avant n'existent plus.

Je regarde mes jambes moulées dans ce collant qui n'est pas à moi. Tout à l'heure, la police a aussi pris mon pantalon. Et ils m'ont rhabillée avec un collant qui traînait dans une armoire du commissariat. Les tenues imposées sont des humiliations tenaces. Le Major entre dans la cuisine, prend une chaise et s'installe en face de moi.

— Major, mon jean, celui que vous avez pris, c'est mon préféré. Quand est-ce que je pourrai le récupérer ?

— Ce n'est pas le moment de penser à ton jean, petite.

— Je déteste le collant que vous m'avez donné en échange. Il me rappelle les robes que ma mère m'imposait.

— C'est pas le moment de penser à ça, petite.

— Ma mère voulait absolument une photo de moi en robe. Une amie à elle était venue déjeuner à la maison, elle avait une robe à fleurs que je trouvais très jolie. Je portais un short avec deux grandes poches à scratch sur les côtés. En haut, je ne portais rien d'autre que ma montre en plastique blanche d'un diamètre si grand qu'elle occupait pratiquement la totalité de mon avant-bras. Elle possédait quatre boutons de couleurs et de tailles différentes. Ma mère avait complimenté plusieurs fois la tenue de son amie devant moi, me regardant avec insistance, comme si je devais en conclure quelque chose. Ce qu'il y avait à comprendre, je le savais très bien. Je possédais moi-même une robe de ce style. À fleurs. Mais je n'avais jamais accepté de la porter. Après le déjeuner, ma mère a fini par m'attraper pour me la passer de force et m'a placée sur le muret du jardin à côté de son amie. Elle a pris une photo. Je n'ai pas pleuré, pas crié. Je me suis absentée. J'étais restée dans mon short. Plus tard, des copines du collège m'ont demandé pourquoi je ne me maquillais jamais. *On va la maquiller !* Cette fois, je n'ai pas couru, pas résisté, j'ai dit d'accord. Elles m'ont épilé les sourcils, mis du rouge à lèvres, du mascara et du fard à paupières.

— Bon, bon, bon, bon…

— Major… de ça, j'en pleure encore.

Le Major se lève et continue de tourner dans mon appartement. Arrivé dans la salle de bains, il m'appelle. La machine à laver s'ouvre par le haut. À l'intérieur, de la même couleur que le métal du tambour, semblant se camoufler, se trouve mon ordinateur portable. Presque, on ne le verrait pas. Mais Major a l'œil. Je me penche au-dessus de la machine, les deux mains agrippées au rebord pour maintenir mon corps flageolant debout. Dans le couloir, Jeanne s'agite. *Il y a une caméra dans la rue qui filme l'entrée de l'immeuble. On va pouvoir récupérer les images.* Je finis par détourner mon regard de l'ordinateur pour demander quand est-ce qu'on me rendra mes affaires. Mon jean préféré je veux dire. Cette fois je n'ai pas la tête baissée et je peux voir qui me parle, mais voilà qu'ils se mettent à me répondre en chœur. *Ce n'est pas ton jean dont tu dois te préoccuper, petite.* Je suis à peu près persuadée, au contraire, que c'est l'affaire la plus importante dans toute cette histoire. C'est-à-dire que c'est mon jean préféré. Il est d'un bleu parfait. D'une coupe parfaite. D'une longueur formidable. Ce bleu, j'ai déjà essayé de le décrire plusieurs fois, à plusieurs personnes, de le décrire comme il faut mais je n'y suis jamais arrivée. La perfection ne se laisse pas décrire.

— Major, le jean, c'est mon préféré, c'est tout. J'aime pas du tout la silhouette que me fait ce collant.

— Petite, c'est pas le moment de penser à ta silhouette. Moi j'ai besoin de savoir ce qui s'est réellement passé cette nuit-là.

L'inspection terminée, nous repartons. Assise à l'arrière de la voiture, en dessous du gyrophare en marche, je repense aux deux moutons que j'adore dans le champ près de chez ma grand-mère. Quand elle apprendra ce que j'ai fait, à quel point ça a mal tourné pour la petite orpheline ; c'était prévisible, mais pas à ce point, un crime, c'est quelque chose quand même. Quand elle apprendra ce que j'ai fait, elle aura honte de moi. Et les moutons aussi.

Je connais les notes des différentes sirènes de nos villes. Celles des pompiers sont le *si* et *la*, celles de la police, le *ré* et le *la*, et celles du SAMU, le *fa* et le *la*. En musique, il existe des gammes mineures et des gammes majeures. À l'oreille, les mélodies composées avec les notes d'une gamme mineure sonnent plus tristes que les autres. Ma note préférée est le *si*, qui est la note sensible de la gamme de *do* mineur. Toutes les gammes mineures ont une note dite sensible. Une note qui pince le cœur. Elle se situe juste en dessous de la note fondamentale, la note principale de la gamme. En musique, le sensible qui nous pince le cœur se situe légèrement en dessous de l'endroit sur lequel toute l'harmonie du morceau est bâtie. Mon jean préféré est une note sensible.

Major, lui aussi s'est trompé de côté pour ouvrir le frigo. Il avait faim. Il a tiré du mauvais côté de la porte. Ça l'a énervé qu'il soit vide. Il avait vraiment faim après tout ça.

QUESTION : Y avait-il des traces de lutte quand vous êtes arrivée dans son appartement ?

RÉPONSE : Je n'ai pas vu de traces de lutte.

QUESTION : Comment se comporte-t-elle avec les garçons ?

RÉPONSE : Je ne sais pas, j'étais en couple avec elle auparavant, pendant un an. Je peux juste vous dire qu'elle préfère les filles.

5.

À quel moment ça a basculé pour vous ?

Je ne le savais pas mais il est strictement interdit et illégal de se garer devant un commissariat de police, *Circulez, circulez ! Non mais ça va pas ! Tu veux que je te coffre ou quoi ?* Le passage du vouvoiement au tutoiement s'est fait en un éclair. Et alors qu'il me criait dessus, et qu'en temps normal j'aurais tremblé d'avoir enfreint les règles, je me suis mise à lui répondre en haussant le ton, approchant presque un état de colère, *Quoi ! Je suis convoquée, c'est tout ! Dites-moi où je peux me garer au lieu de gueuler comme ça !* J'embrouille les représentants de la loi.

Le deuxième étage du commissariat est un long couloir donnant sur des bureaux qui se ressemblent dont les portes restées ouvertes permettent de deviner facilement les goûts et intérêts de leurs occupants. Le Major aime la Corse, Jack Bauer et les mini-ventilateurs à clipper sur son écran d'ordinateur. À la différence de ses collègues, il possède un canapé trois places en cuir rouge situé à gauche de la porte. Il est toujours encombré de grandes enveloppes en papier kraft portant différents noms. La mienne, celle avec mon nom, celui de mon père et de son père avant, est encore sur son bureau et je ne sais pas si cela signifie que mon affaire est plus ou moins avancée que les autres. Les enveloppes se trouvent-elles d'abord sur le canapé puis sur le bureau ? Ou est-ce l'inverse ? Quoi qu'il en soit, il n'y a jamais de place pour s'asseoir sur ce sofa, si bien qu'il ne semble même pas là pour ça.

À quel moment ça a basculé pour vous ?

Major m'emmène dans le bureau de Carole. Comme lui, elle mène l'enquête. La première fois que je l'ai vue, je n'ai pas bronché. Elle vapote avec énergie et donne des ordres à son collègue, un homme discret et timide, voire tremblant. Avant de faire quelque chose, il l'annonce à voix haute et attend son approbation.

— Je vais récupérer les bandes des vidéos de surveillance de la rue.
— Oui, OK, mais prends le disque dur avec toi, le 4 To.
— Ah oui, tu crois ?
— Bah oui Luc, enfin.

Luc sort, puis revient quelques instants plus tard car il a oublié le disque dur. Luc sort, puis revient quelques instants plus tard car il a oublié son manteau. Luc sort, puis revient quelques instants plus tard car il a oublié son portable.

C'est une blague ce mec.

Luc, même s'il montait sur le bureau du Major, n'aurait pas l'air plus inspiré. Si le chat grimpe sur les tables pour mieux surveiller son territoire, j'ai longtemps eu cette pratique pour mieux réfléchir. Debout sur mon bureau, j'attendais de voir si ma pensée avait ainsi accès à de nouvelles idées. Au début du christianisme, les ermites grimpaient au sommet d'une colonne pour y pratiquer une ascèse extrême et se rapprocher des dieux. Loin du chat territorialiste ou de l'ermite religieux se trouve peut-être une riche pratique de méditation. Et on pourrait la nommer *la pensée du perchoir.*

Luc sort, puis revient quelques instants plus tard car il a oublié le morceau de papier sur lequel est notée l'adresse où se trouve l'une des caméras qui nous a filmés cette nuit-là. Je refais dans ma tête tout le trajet. Je le refais en imaginant les différentes images. Je visualise un mur d'écrans représentant les coins des rues, le banc du parc, les marches où j'étais assise quand tout a commencé. J'imagine que l'on pourrait tout voir de mes différents déplacements. Je l'imagine et ça fabrique des gouttelettes de sueur sur ma nuque. Il doit forcément exister des angles morts, des endroits que les caméras de surveillance ne couvrent pas. Je me demande où vont se trouver les angles morts de cette nuit-là. Et s'ils vont emporter avec eux les preuves de ma culpabilité.

Luc sort et ne revient pas. Luc ressemble à Mika. En moins musclé. Quand je suis avec Mika, je regarde toujours avec intérêt, presque tendresse, ou est-ce autre chose, le tissu de la manche courte de sa chemise, tendu autour de son muscle. L'ourlet semble prêt à se déchirer à tout instant. Le hasard ou une coquetterie le fait tomber inévitablement à l'exact endroit où le diamètre de son biceps est le plus impressionnant. À la taille de son jean d'un gris descriptible puisque banal, en évidence, est toujours rangé dans un holster noir son Glock 45. De l'autre côté se trouve un double porte-chargeur. L'arme et les munitions, trônant aux deux extrémités de sa taille, soulignent le balancement de son bassin. Depuis quelques mois, Mika est mon moniteur de tir à l'armurerie, rue Jeanne-d'Arc.

Carole appuie sur le bouton de sa vapoteuse et tire une latte, remet ses cheveux en arrière, boit une gorgée de café, ouvre la fenêtre. Re-tire une latte. Reprend le procès-verbal, me propose un café, remet ses cheveux en arrière, referme la fenêtre, re-tire une latte, s'énerve de mes réponses, fouille dans une pile de dossiers. Elle insiste, mes réponses ne la satisfont pas. Ce n'est pas clair toute cette histoire, la place des mains, les mouvements des corps, ce n'est pas clair. Carole m'informe, à ce moment-là, que je ne suis pas la seule personne à être interrogée depuis le début de l'enquête. Géraldine et Lola ont déjà été entendues par Jeanne. Mon histoire d'amour avec Lola ressemblait à ça :

Si c'était la fin du monde,
Si la Terre ressemblait à un champ de rochers,
Je sais que parmi les milliers,
Nous aurions choisi le même,
Pour nous abriter.

C'est comme ça que l'on s'est aimées, Lola et moi. J'étais très heureuse et puis je me suis demandé, quel intérêt de choisir le même rocher.

— À quel moment ça a basculé pour vous ?

— Vous avez remarqué ces moments où l'on finit par crier ce que l'on disait d'abord tout bas ?

— Mmmh… Non.

— Une fois, j'ai vu cela dans la rue. Un père sur son vélo suivi par son fils dit en passant devant une boulangerie, *Tiens je n'avais pas remarqué qu'il y avait une boulangerie ici.* Le fils, à cause du bruit de la ville et du casque qu'il porte, n'entend pas les mots de son père. *Quoi ?* Le père répète un peu plus fort. *Je n'avais pas remarqué qu'il y avait une boulangerie ici.* Le fils n'entend toujours pas. *Quoi ?* Le père répète une troisième fois encore plus fort. *Je n'avais pas remarqué qu'il y avait une boulangerie ici. Quoi ? JE N'AVAIS PAS REMARQUÉ QU'IL Y AVAIT UNE BOU-LAN-GE-RIE ICI !* Et le père a fini par crier à gorge déployée une réflexion sans intérêt qu'il avait dite tout bas, presque à lui-même. Ah ah !

— Vous voulez faire une pause ?

— J'ai longtemps espéré être un garçon, pensant que c'était la seule façon légale de pouvoir être avec une fille. À huit ans, je tombe amoureuse pour la première fois. Charlotte donne des ordres à tous les enfants qui gravitent autour d'elle. J'ai un problème avec l'autorité. Pas un problème d'intolérance, non, un problème d'attirance. Un après-midi, après l'école, j'ai couru dans la chambre de ma sœur pour lui annoncer la plus grande nouvelle de toute ma vie. *Je suis amoureuse de Charlotte. Je suis amoureuse de Charlotte. Je suis amoureuse de Charlotte.* Presque instantanément, le visage de ma sœur s'est transformé, elle semblait avoir croqué un citron à pleines dents. *Tu ne peux pas être amoureuse de Charlotte*, m'a-t-elle répondu. Et alors que je n'avais eu aucun doute sur la beauté de ma découverte, je n'en avais désormais plus aucun sur sa laideur. J'ai couru me cacher derrière le fauteuil de sa chambre. J'étais si honteuse que je ne pouvais même plus regagner ma propre chambre, traverser le couloir à visage découvert et prendre le risque de croiser mon père. J'ai regardé autour de moi pour trouver où me cacher, disparaître, le plus rapidement possible. Derrière le fauteuil, j'ai placé ma tête entre mes cuisses, en position accroupie. Je me balançais légèrement, écrasant mon front contre le tissu en velours. Je n'ai quitté ma planque qu'à l'heure du dîner. La honte de ma vie. Après quoi mes prières ont changé. Enfant, tous les soirs dans mon lit je formulais dans ma tête différents souhaits. Généralement, de ne pas oublier ma trousse le lendemain car elle n'était pas dans mon cartable et je ne souhaitais pas me relever pour l'y mettre. Consciente que ma mission n'était pas des plus urgentes, j'acceptais qu'elle ne se réalise pas. Après être tombée amoureuse de Charlotte, mon souhait a tous les soirs été le même, oublier mon livre d'histoire ne me préoccupait plus et cette fois je considérais ma demande comme la mission la plus importante de tout l'univers. *Faites que demain matin je sois un garçon.* Il fallait que Charlotte et moi puissions nous aimer sans donner aux autres le visage de l'acidité. Il le fallait absolument.

— Pourquoi votre ordinateur était-il dans votre machine à laver ?

Luc entre, il informe Carole que la caméra filmant la rue où j'habite ne permet pas de voir l'entrée de l'immeuble. En revanche, il a récupéré les images de la place de la Bastille, celles devant la boulangerie et celles devant le distributeur. Et espère pouvoir récupérer celles donnant sur le parc.

— … (une latte)
— … (tête baissée)
— … (un souffle)
— … (poings serrés)
— … (une gorgée de café)
— … (un ongle presque nettoyé)

— Bon, on va tout reprendre depuis le début. Nous, on doit faire un rapport au juge d'instruction, tu comprends. Et pour que ça se passe bien pour toi, il nous faut des preuves que tu ne voulais pas que ça arrive.

J'étais assise sur les marches de la place de la Bastille avec Géraldine lorsqu'un homme nous a abordées. Plus tard, dans le parc, il a mis son bras autour de moi et c'est là que je lui ai dit, *Je suis lesbienne*. Il a gardé son bras au même endroit. J'ai posé ma tête contre son épaule.

J'étais assise sur les marches de la place de la Bastille. Je ne voulais pas que ça arrive. Un homme nous a abordées. Je ne voulais pas que ça arrive. Plus tard, et je ne voulais pas que ça arrive, dans le parc, il a mis son bras autour de moi. Je ne voulais pas que ça arrive. Je lui ai dit,

Je suis lesbienne. Je ne voulais pas que ça arrive. Il a gardé son bras au même endroit. Je ne voulais pas que ça arrive. J'ai posé ma tête contre son épaule. Je ne voulais pas que ça arrive.

Avant de se livrer à la police, les criminels prennent-ils le temps de préparer leur défense ? Je suis arrivée au commissariat à peine vingt minutes après les faits. Avais-je eu le temps de réfléchir à ma défense ? Dans le bureau de Carole, depuis cinq heures, les questions s'enchaînent. L'Éducation nationale m'a appris ceci : il existe des bonnes et des mauvaises réponses. Et je donne les mauvaises.

En sixième, je suis assise à côté d'Hélène qui accepte de me laisser copier sur elle. Et elle est mon amie uniquement pour cela. Sinon, elle ne m'intéresse pas. La veille des dictées annoncées, je ne dors jamais, tant ce qui m'attend me terrifie. L'orthographe est un moyen de m'humilier. Un jour, avant que les copies corrigées ne soient rendues, je préviens Hélène, les joues rouges de bonheur et d'excitation, certaine que mon courage va me rendre justice, je dis à Hélène que cette fois, cette unique fois, je n'ai pas regardé sur elle. J'ai essayé par moi-même. Je dois forcément en être capable. J'ai confiance. Le professeur Alibert, qui est né dans la même rue que Marcel Proust et nous le répète à chaque cours, dépose sur mon bureau ma copie. En rouge à gauche de mon nom est noté – 15. Ma médiocrité oblige le professeur à créer un nouvel espace, en dessous du zéro. Je n'ai plus jamais regardé Hélène dans les yeux. De ça, j'en pleure encore. En CM1, à la fin de l'année scolaire, je décide d'offrir un bouquet de fleurs à la maîtresse avec un petit mot sur lequel j'ai écrit, *Je promet de ne plus faire de faute d'hortografe*. Les adultes autour de moi et du bouquet, ce jour-là, ont bien ri. De ça, j'en pleure encore. Ceux qui ne comprennent pas que l'on pleure pour une mauvaise note étaient bons à l'école.

Insatisfaite de mes réponses, Carole me renvoie dans le bureau du Major. *Je ne suis pas une experte en hommes, vous savez. Et puis j'ai déjà répondu à toutes ces questions avec Carole.* Alors là, le Major en a une bonne, *Ah bah c'est-à-dire que c'est pas une experte en hommes non plus, notre Carole.*

— Major, mon jean, vous avez des nouvelles ?
— Bon bon bon bon…

Au collège, forcée de constater que le Ciel ne daignait pas me changer en garçon pour pouvoir aimer Charlotte en toute légalité, j'ai eu d'autres prières et espéré me réveiller en fille normale qui aime les garçons. Je préparais déjà ma défense.

6.

Le rendez-vous a été pris à une vitesse tout à fait inquiétante. Supposant qu'il m'attendait depuis un moment. Mon affaire l'intéresse. Dans son bureau, Maître I. porte des chaussons de soie gris avec le pouce séparé, comme ceux des surfeurs. *Faites un pas vers l'avenir avec les bottillons de surf orteils séparés.* Le gros orteil séparé permet d'éviter que le chausson vrille lors des appuis latéraux. Mais Maître I. ne pratique pas les sports de glisse. Il porte une tunique col Mao vert pomme. Il fume beaucoup et suce régulièrement, sans jamais omettre de m'en proposer, des petits bonbons à la menthe. Tout ceci fait qu'il ressemble à un surfeur communiste accro à la clope.

Moi, je sens l'alcool. Dans la poche de ma veste noire, je tourne machinalement le bouton de mon talkie. J'ai encore oublié de le rendre. Généralement, j'embauche à midi. Parfois à 10 heures. Arrivée au vestiaire, je choisis un casier pour la journée. Il en existe de différents coloris. Les plus anciens ont le leur, cadenassé pour la vie. Dix ans de service ne font pas de moi une ancienne. La première année, je pensais pouvoir gravir les échelons facilement, deux ans pour passer en CDI et trois ans supplémentaires pour devenir cheffe d'équipe. Les chefs ont un étui pour clipper leur talkie-walkie à la ceinture, ainsi qu'un badge avec leur nom à la place du pin's anonyme dont l'attache finit toujours par casser, et alors il faut inventer des stratagèmes insensés pour le fixer à notre revers. Je pensais pouvoir gravir les échelons facilement jusqu'à ma troisième conversation avec un collègue.

— Heureusement que j'ai dit non à mon pote hier pour la partie de foot. Baba m'a appelé pour un remplacement.

— Tu ne prévois jamais rien au cas où on t'appellerait pour un remplacement ?

— Ouais, c'est mieux d'être disponible à tout moment, je sais que Radja part bientôt et j'ai des chances de récupérer son CDI.

— T'es en CDD depuis combien de temps ?

— Dix-sept ans.

Le matin, avant que j'arrive, Baba accroche pour moi à l'un des casiers une veste sous plastique suggérant un passage au pressing. Mais son odeur et les mouchoirs sales régulièrement retrouvés dans la doublure me racontent une tout autre histoire. Les poches sont trouées, ce qui m'oblige à cacher le roman que je n'ai pas le droit de lire dans mon pantalon, contre mon ventre (avant de le placer, je tire bien sur mon tee-shirt pour empêcher la couverture froide de glacer ma peau), et mon téléphone que je n'ai pas le droit de consulter dans ma bottine, ça fait rougir ma malléole. Maintenant, lorsque je sors, c'est toujours là que je range mon livre. Je me souviens de cette scène de duel dans un film. Deux hommes aux cheveux longs attachés par un ruban de soie se font face. Leur main droite agrippe un revolver. Un coup de feu retentit, faisant s'écrouler l'un des deux. Après quelques secondes sans bouger, il se relève et ouvre sa veste : à l'endroit de l'impact, à l'endroit de son cœur, un livre dans lequel est logée la balle. Quelques pages lui avaient sauvé la vie. La dernière fois que j'ai eu un livre contre ma peau, dans mon jean préféré, c'était mon exemplaire d'*En finir avec Eddy Bellegueule* : « Le crachat s'est écoulé lentement sur mon visage, jaune et épais, comme ces glaires sonores qui obstruent la gorge des personnes âgées ou des gens malades, à l'odeur forte et nauséabonde. Les rires aigus, stridents, des deux garçons *Regarde il en a plein la gueule ce fils de pute.* Il s'écoule de mon œil jusqu'à mes lèvres, jusqu'à entrer dans ma bouche. Je n'ose pas l'essuyer. » Maintenant, mon *Eddy Bellegueule* est sous scellés. Après avoir enfilé ma veste, j'allume ma radio et actionne le canal 7. Mon job est une thèse sur l'ennui. Par la radio, je demande au chef d'équipe en poste où je dois aller. Ils sont trois, Léonard, homophobe mais généreux au niveau des pauses, Adil, en boucle sur ses différentes techniques de méditation, et Baba, persuadé tous les ans que je suis en première année de fac, et si ce n'est pas le cas, que je suis mariée alors. Le musée de la Musique comporte quatre étages divisés en deux zones, ce qui en fait huit à surveiller. En général, nous sommes un agent par étage, parfois deux. Quand ça arrive, j'ai quelques techniques pour éviter que mes collègues me parlent. La principale technique (et la plus efficace) est de ne jamais rester immobile. Toujours être en mouvement. Un collègue bavard est dangereux uniquement s'il peut se positionner en face de vous. Je fais en sorte que mon visage ne soit jamais un point devant lequel on peut s'arrêter. Et cela même si la phrase est commencée. Parfois j'échoue, alors j'apprends que Gérard Depardieu était un proxénète dans les années 50, près de Bordeaux-Mérignac, la première base militaire aérienne occupée par les United States Air Forces in Europe. Parce que Daniel les a connus, lui, Hendrix, Hallyday, Belmondo et l'Américain qui fait des claquettes. Daniel était garagiste et collectionneur de voitures avant de travailler au musée de la Musique. Quand je suis seule à un étage et sans risque de croiser un collègue, je relis des centaines de fois les cartels des instruments, persuadée qu'une phrase, même connue par cœur, a toujours de nouvelles choses à m'apprendre. Mais ce que je préfère c'est imaginer un parcours où j'échapperais aux différentes caméras de surveillance. Il faut savoir les identifier et ne pas les confondre avec les spots dont l'ampoule ne marche plus. J'établis des cartes mentales en prenant en compte les différents champs couverts par chacune et essaye de tracer un chemin qui les évite. Parfois, les visiteurs me dérangent. Lorsqu'un enfant pose une question à son parent et que celui-ci n'a pas la réponse, s'il se trouve juste à côté de l'agent de surveillance, il dit à voix haute *Je ne sais pas, mais PEUT-ÊTRE QUE QUELQU'UN D'AUTRE pourrait te renseigner.* Je n'interviens jamais. Oui, je connais très bien la différence entre un clavecin et un piano, mais je ne suis pas là pour SERVIR À QUELQUE CHOSE.

Dans la poche de ma veste, en face de Maître I., je tourne machinalement le bouton de ma radio que j'ai encore oublié de rendre.

Hier, j'ai appelé Lola pour que l'on se voie, je voulais savoir ce qu'elle avait pu dire à Jeanne sur moi. Lola est la personne la plus courageuse dans le corps le plus fragile que je connaisse. 1,60 m et des yeux de dessin animé, mais rien ne semble pouvoir la faire vaciller.

Essaye de penser à autre chose.

Sur la table, elle a déposé une carte de visite.

Maître I.
Avocat (Membre du Conseil de l'Ordre)
35 rue des Archives, 75004 Paris
Tel : 01.56.96.92.78
Fax : 01.48.90.01.56

Il y a quelques années, j'avais inventé un jeu qui ne sert à rien. Trouver une phrase qu'on ne dira probablement jamais dans notre vie, en la commençant par *Il est peu probable. Il est peu probable que je dise un jour, J'ai inscrit le deuxième au badminton cette année. Il est peu probable que je dise un jour, Bruno est en déplacement pour la semaine, j'ai laissé les enfants à mes parents. Il est peu probable que je dise un jour, Mon banquier m'adore. Il est peu probable que je dise un jour, Mon avocat vous appellera.* Mais la vie réserve des surprises peu probables. Maître I. me prévient qu'il va falloir préparer ma défense. Le plus important est d'avouer tout ce qui est possiblement amoral mais légal, l'alcool, la drogue, le sexe… Ça met la police en confiance. Il faut être normal mais pas parfait. Il faut savoir doser. La voix de Maître I. est très grave, je connais déjà sa phrase préférée et il ne m'a posé qu'une seule question.

Chaque chose en son temps.
Vous avez des amis ?

Mes amis pourraient-ils m'aider à prouver que je ne voulais pas que ça arrive ?

QUESTION : Vous êtes amies depuis combien de temps ?

RÉPONSE : Dix ans. Cette histoire a tout gâché. Pour nous aussi ça a été un choc.

7.

Ce n'est pas de leur faute. Ce n'est pas facile pour eux non plus, ce qui m'arrive. Ce qui m'arrive à moi est difficile pour eux. C'est ça l'amitié. Hier, je les ai vus attablés à la terrasse de notre bar. J'ai enfoncé un peu plus ma casquette et ajouté par-dessus la capuche de mon sweat bleu lapis-lazuli, un bleu particulier que j'ai trouvé au rayon hommes. Soixante-quatre nuances de bleus existent, trente au moins ne seront jamais proposées au rayon femmes. Ce n'est pas un drame mais ça m'amène au rayon hommes. Légèrement camouflée et planquée sur le trottoir d'en face, je me suis approchée. Normalement, de ce genre de rassemblement, j'en suis. Normalement, la chaîne de messages passe, à un moment donné, par moi. J'avais proposé à Sanna que l'on se voie mais elle n'avait pas le temps cette semaine. Géraldine aussi est là. Ça n'est pas arrivé d'un coup de perdre mes amis. Mais c'est arrivé.

Aucune caméra n'a filmé le parc cette nuit du 7 au 8 octobre. C'est officiel. Luc a balancé l'info à Carole devant moi. Même les caméras ne veulent pas de cette histoire-là. Il était une fois, après avoir passé la soirée dans une boîte de nuit avec Géraldine, nous avons bu un dernier verre sur les marches de la place de la Bastille. Il nous a abordées. Plus tard, quelques heures plus tard, je m'éloigne avec lui, nous allons chez moi. Je laisse Géraldine avec l'un de ses amis qui nous avait rejoints.

Sur l'écran de mon téléphone, une bulle monte et descend lentement. D'autres plus petites la suivent, c'est pour l'ambiance graphique. Quand la bulle principale est tout en haut ou tout en bas, un petit son, comme une clochette, retentit. L'application s'appelle *RespiRelax+* et permet de surmonter les crises de panique.

Géraldine n'assume rien de cette nuit-là. Par honte, culpabilité ou lâcheté, elle fait comme si ça n'avait pas existé. Mes amis se mettent dans une grande pochette en plastique. Mes amis sont sous scellés. Avant de partir avec lui, je me suis retournée une dernière fois en direction de Géraldine. Sans le vouloir, j'avais ancré en elle, avec ce dernier regard, une culpabilité qu'elle ne me pardonnera jamais. Géraldine m'abandonne, sauve sa peau. Mes amis ne sont plus mes amis. Ça n'est pas arrivé d'un coup mais c'est arrivé. C'est trop difficile pour eux ce qui m'arrive. Un choc pour eux.

Sur l'écran de mon téléphone, une bulle monte et descend lentement. D'autres plus petites la suivent, c'est pour l'ambiance graphique. Quand la bulle principale est tout en haut ou tout en bas, un petit son, comme une clochette, retentit. L'application s'appelle *RespiRelax+* et permet de surmonter les crises de panique.

Sur l'écran bleu clair de mon portable, j'efface des numéros de téléphone ; une bulle monte et descend lentement. D'autres plus petites la suivent, je ne voulais pas que ça arrive. C'est pour l'ambiance graphique. Quand la bulle principale est tout en haut ou tout en bas, il faut la suivre des yeux, inspirer, expirer à son rythme lent. L'application s'appelle *RespiRelax+* et permet de surmonter les crises de panique.

L'application s'appelle *RespiRelax+* et permet de surmonter les crises de panique. Sur l'écran, une bulle monte et descend lentement. C'est gratuit.

L'application s'appelle *RespiRelax+* et permet de surmonter la perte de ses amis. Presque. C'est gratuit.

De très nombreuses lésions traumatiques constatées sur l'ensemble du corps, gênes cervicales, reviviscence des faits, tristesse de l'humeur, troubles de la concentration, évitement, sentiment de honte. Des soins ORL, ostéopathiques, psychothérapeutiques sont en cours. Après réévaluation clinique à ce jour, l'Incapacité de travail, initialement fixée à 21 jours lors du premier examen pratiqué, est fixée à 45 jours à partir des faits. Ajoutons le compte rendu de la psychologue clinicienne évoquant un « traumatisme comparable à celui des anciens combattants ».

8.

Sur mon répondeur, un message de Carole. « On a arrêté un homme. Il va falloir que tu viennes l'identifier. »

Vous avez décidé de faire quoi
concernant votre consommation d'alcool ?

Il existe différents parfums de chewing-gum. Je sais maintenant que les plus efficaces sont ceux aux fruits rouges. Je choisis ceux à la fraise. Et parfois à la fraise des bois pour l'imaginaire qu'ils permettent en plus. Pour éviter d'avoir à faire la queue au supermarché pour un si petit achat, je me suis organisée pour connaître les horaires d'ouverture et emplacements des derniers kiosques encore existants dans mon quartier. Les vendeurs de journaux proposent toujours des friandises. Si le goût fraise des bois est très mauvais, il promet une odeur suffisamment forte et singulière pour couvrir celle de l'alcool et éloigner les commissaires.

Dans la salle d'attente du docteur O., j'allume *RespiRelax+*. Deux personnes discutent.

— Elle me rappelle moi à son âge.
— Mais vous avez le même âge.
— Et alors ?
— Eh bien tu ne peux pas dire ça.
— Comment ça ?
— Tu ne peux pas dire *elle me rappelle moi à son âge*, de quelqu'un qui a ton âge.
— Et pourquoi pas ? Justement, on se ressemble peut-être parce qu'on a le même âge.
— Mais cette expression, on l'utilise pour parler de quelqu'un qui n'a pas notre âge mais qui nous ressemble lorsqu'on avait son âge.
— Hein ?
— Bon sinon hier j'ai enfin dit à Pierre qu'il fallait qu'on se parle plus, que c'était important de communiquer. Ça nous a fait du bien. On a enfin pris le temps de se parler.

— C'est génial. Et vous avez parlé de quoi ?

— Eh bien du fait que c'était important de se parler plus.

Vous avez décidé de faire quoi
concernant votre consommation d'alcool ?

Je bois beaucoup ces derniers temps, c'est vrai. En cachette maintenant. Je bois. Le soir, puis de plus en plus tôt. Le docteur O. est chargé de m'examiner pour l'avancée de l'enquête. Il me rappelle que lorsque je suis arrivée au commissariat, mon taux d'alcoolémie s'élevait à 0,6 gramme. Je me suis livrée à la police moi-même. Encore ivre. J'avais bu toute la nuit du rhum-coca dans une bouteille en plastique. En face du docteur O., je sens la fraise des bois et je reconnais mes torts.

— Il va falloir commencer à faire attention à votre consommation d'alcool. Vous consommez de la drogue régulièrement ?

— Personne n'a demandé à Ulysse comment il était habillé quand Calypso l'a séquestré. Et puis, s'il était revenu alcoolisé, cela aurait-il changé quoi que ce soit à ses exploits ?

— Pourquoi ne pas avoir crié lorsque vous avez réussi à ouvrir la porte la deuxième fois ?

Enfant, je passais la moitié de mes nuits à imaginer comment me sauver de la maison si un tueur entrait. Les chambres de mes sœurs se trouvaient au premier étage et la mienne au dernier en face de celle de mon père. Cette configuration était parfaite pour mon plan. À l'arrivée du meurtrier, les cris de mes sœurs me préviendraient du danger et alors je pourrais fuir avec mon père par le Vélux de ma chambre. Après avoir vérifié, je savais que je pouvais facilement me glisser par l'ouverture. Et j'avais déjà pris les mesures de mon père prétextant un jeu, *Je fais le tailleur. Je vais te faire un costume sur mesure.* Une fois sur le toit, je refermerais le Vélux de l'extérieur au maximum pour ne pas attirer l'attention du tueur et le mettre sur notre piste. Là, j'avais une pensée pour mes sœurs assassinées. En haut du garage, un saut de moins d'un mètre nous permettrait d'atteindre le portail du jardin pour nous échapper. À chaque fois que je regarde un film où il faut sauver sa peau, je me demande à quelle étape du scénario j'aurais échoué.

Je ne connaissais pas précisément les distances des différentes courses que j'ai réalisées cette nuit du 7 au 8 octobre. Une grande athlète, une vraiment qualifiée, aurait étudié le parcours plus attentivement. Mais dans une carrière, il peut arriver que certaines épreuves ne soient pas prévues. Ce furent les trois courses les plus importantes de toute ma carrière et je les ai courues à poil, avec un matelas pour starting-block. Je sais maintenant que la distance entre le lit et la porte d'entrée est plus grande – de 30 centimètres – que celle entre le lit et la porte de la salle de bains, porte qui ferme à clef. Détail important relevé par Major. Le point de départ était fixe, le reste plutôt désordonné. Je courais avec un cerveau disjoncté, ce qui rendait mes prises de décision assez hasardeuses. Les scientifiques me soutiennent là-dessus. Au départ, l'adrénaline et le cortisol coulaient à flots, oxygénant mes muscles et affûtant mes neurones. Après, il a fait noir. Lorsqu'on croit mourir, le cerveau ne reconnaît pas la situation et ne sait plus comment stopper l'adrénaline et le cortisol qui, à trop forte dose, peuvent tuer le cœur. Il ne lui reste qu'une solution. En pensant au cœur, le cerveau disjoncte. Dans ma poitrine, le battement est préservé, mais l'intérieur de ma tête est une boîte dans laquelle plus rien n'est identifié. Lorsqu'on croit mourir, le « je » disjoncte. « Je » ne voulions pas mourir à poil. La distance que je devais parcourir pour lui échapper me semblait toujours plus grande que celle qu'il devait parcourir pour me rattraper. Sur le terrain de la peur, les distances sont variables.

RÉPONSE : Elle a peut-être cherché à se punir de quelque chose.

9.

Pourquoi avoir invité un homme chez vous si vous êtes lesbienne ?

En général donc, mes habits me donnent l'apparence d'un garçon de dix-sept ans. Mais j'en ai trente. Aujourd'hui, je décide de faire un effort pour mon expertise psychologique. D'avoir l'allure de mon âge et de mon sexe. D'être un peu cohérente pour mettre toutes les chances de mon côté. Si j'étais mariée, je multiplierais mes chances par dix d'un coup. Alors j'ai demandé à Judith mais ça n'a pas marché.

— Tu voudrais pas qu'on se marie ?

— C'est vraiment un truc d'orphelin de vouloir se marier.

Judith n'a pas tort. C'est vrai, l'idée que l'on soit obligé de faire des démarches administratives avant de pouvoir m'abandonner me plaît beaucoup. Judith aime que je ressemble à un adolescent de dix-sept ans, ce qui, je suppose, la mettrait en difficulté si elle était expertisée. Je ne cesserai jamais de demander Judith en mariage.

Le bureau de Madame V. n'a rien d'un cabinet d'expert comme je pouvais me l'imaginer. Les couleurs sont chaudes et enveloppantes. Un grand tapis dans les tons orange passe sous son bureau. Au mur, elle a accroché différentes photos de désert et des bibelots traînent un peu partout. Un bâton d'encens se consume. Madame V. dit « nous ». *D'abord nous passerons en revue votre biographie, ensuite nous ferons un test de Rorschach et enfin un test d'intelligence.* Le programme a été imaginé par elle, en fonction des demandes spécifiques à l'enquête de Monsieur le juge. Par exemple : pour un vol de voiture, il n'est pas demandé à l'expert d'évaluer le degré d'affectivité de l'individu. Sur le bureau de Madame V., la lettre de Monsieur le juge est posée en évidence.

2. Relever les aspects de sa personnalité, déterminer son niveau d'intelligence, son degré d'affectivité et d'émotivité, son habileté manuelle et ses facultés d'attention.

4. Dire quels sont, du point de vue psychologique, les éléments individuels, héréditaires ou acquis, du tempérament de caractère et d'humeur, les facteurs ambiants familiaux et sociaux dont l'action peut être décelée dans la structure mentale, le degré d'évolution, et les formes de réactivité de la personne.

Je suis certaine que toutes ces photos de désert proviennent de Google Images. C'est vulgaire. Avant de commencer, Madame V. a quelque chose d'important à me faire savoir. Tout ce qui sera dit ici pourra être retenu contre moi au moment du procès. Si procès il y a. *Ce que je veux vous faire comprendre, mademoiselle, c'est que si vous ne voulez pas que certaines choses se sachent, ne les dites pas.* Je voudrais que rien ne se sache. Et ce tapis sous le bureau fait que ma chaise a les deux pieds de devant légèrement surélevés. C'est dangereux. Madame V. me montre différentes planches graphiques présentant des taches symétriques non figuratives censées représenter la mère, l'orientation sexuelle, le père, l'animal, ou une danse… Je dois les interpréter. Sans réfléchir.

— C'est le test d'intelligence là ?
— Non, c'est le test de Rorschach.
— Vous pourrez me prévenir pour le test d'intelligence, que je fasse un effort ?

L'Éducation nationale m'a appris une chose : je ne suis pas intelligente. Je suis au rattrapage. Avant chaque tache d'encre, Madame V. dit, *Qu'est-ce que ça pourrait être ?* Si je bloque sur un détail inhabituellement relevé, cela veut dire que mon esprit éprouve des difficultés de synthèse, et donc que j'ai un manque de confiance en moi. Si je bloque sur une partie autour de la tache, cela veut dire que je suis non conformiste, et donc sujette à des comportements agressifs.

— Qu'est-ce que ça pourrait être ?
— Une chips de légume.

Je ne bloque sur rien.
En confiance.
Sans agressivité.

Madame V., je dois le dire, est douce avec moi. Tendre même. Et me complimente sur mon physique. Elle me trouve belle. Le ton appuyé qu'elle emploie semble dire qu'il est important que je le sache. Je suis belle, c'est bon pour ma défense. Il n'y a pas de bonnes ou de mauvaises réponses mais tout de même certaines choses à éviter. Le silence est la première. Mais pire que lui, le sexe. Si je viens à proposer une représentation sexuelle, j'ai intérêt à enchaîner avec au moins une dizaine d'autres évocations plus anodines, comme le sport. Je déteste le sport. Je n'en fais jamais.

— Vous êtes homosexuelle ?
— Oui.
— Mais vous avez ramené cet homme chez vous dans le but d'avoir un rapport sexuel avec lui ?
— Oui.
— Vous êtes bisexuelle ?

— Non.

— Ce n'est pas très clair. Avez-vous le souvenir que vos parents s'aimaient ?

À dix ans, je répétais en boucle : *Plutôt crever que d'être une lesbienne.* À trente ans, jouer à l'hétérosexuelle en rentrant chez moi avec un homme pour coucher avec lui avait effectivement failli me crever.

Évitez les représentations de nuages, de sang, de nuit, de peur, de mort, etc., essayez d'équilibrer entre les représentations humaines et animales, n'hésitez pas à décrire les personnages ou animaux en mouvement (plutôt des mouvements dynamiques : courir, sauter, voler, que statiques : dormir, s'accroupir), n'interprétez jamais les couleurs seules et les espaces entre les taches, donnez de préférence des réponses précises, ne justifiez jamais vos interprétations, sauf si on vous le demande.

Madame V. me rassure quand j'hésite, *Ne vous inquiétez pas, c'est uniquement pour vérifier que vous n'êtes pas déviante.* Je suis rassurée.

En voyant un exemplaire d'un dessin du test et en ignorant de quoi il s'agit, Batman demande au docteur Chase Meridian, *Vous avez un truc pour les chauves-souris, docteur ?* Ce à quoi Meridian répond, *C'est un Rorschach, M. Wayne. Je pense que la question est : est-ce que vous, vous avez un truc pour les chauves-souris ?* Depuis quelques années, les fameux dessins du test ont fuité sur Internet et cela a agacé beaucoup de psychiatres qui prétendent que désormais les profils psychopathes peuvent tricher. Les psychiatres sont des psychopathes qui ne trichent pas. J'ai été élevée par une grand-mère qui disait que la triche est l'âme du jeu. Elle trichait pour mes victoires, me glissant sous la table ses cartes les plus intéressantes. Puis, lorsque j'ai été prête, comme un oisillon se hissant sur le rebord du nid, j'ai organisé ma propre triche. Mamie était fière comme une mère. Dans *Virgin Suicides*, Cecilia Lisbon voit dans les taches d'encre une banane, un marécage et une coiffure afro. J'ai vu une chips de légume, les attentats du 11 septembre, un insecte en apparence menaçant mais sympathique dans le fond. Mon orientation sexuelle est une chips de légume, ou un insecte en apparence menaçant mais sympathique dans le fond, ou les attentats du 11 septembre.

Madame V. n'utilise pas d'ordinateur, pas de dactylographie boiteuse entre nous pour me réconforter. Sur une feuille blanche elle note avec un stylo à plume, calme et élégance, mes réponses. Elle m'observe attentivement et note le temps que je mets, l'ampleur de mes gestes, mes sourires, en coin ou en face. Bientôt, elle pourra dire qui je suis.

Je suis ce que les autres pensent de moi.
Non.
Je suis ce que je pense que les autres pensent de moi. Non.
Je suis ce que je pense de moi. Et je n'en pense pas du bien.

Les contes pour enfant commencent par un fait unique. Il était une fois et pas deux. Une fois, j'ai porté plainte pour viol. Après, on m'a demandé si j'avais le souvenir que mes parents s'aimaient.

10.

Mais pourquoi t'as ramené un mec chez toi ?

Tu bois toujours autant ?

Tous deux examinèrent la chemise de K. et dirent qu'il allait devoir à présent en mettre une moins belle, mais qu'ils lui garderaient celle-ci avec tout le reste de son linge, et le lui rendraient si son affaire se terminait bien.

Je ne sais pas quoi dire. Tu sais très bien qu'il n'y a pas de bonne réaction face à ça.

Vous avez certainement cherché à vous punir de quelque chose.

C'est donc cela, dit K. en baissant la tête.

Vous ne pouvez songer à vous défendre tout seul.

C'est juste pour vérifier que vos pratiques sexuelles ne sont pas déviantes.

Ça ne fera pas bon effet, M. K.

S'il avait sa main dans votre bouche, il ne vous tenait pas.

11.

Il a arrêté de me violer quand je suis tombée dans les pommes. Il a arrêté parce que j'avais l'air morte. Parfois, j'en ai encore l'air.

QUESTION : Elle déclare aussi que vous l'avez douchée. Combien de temps êtes-vous resté chez elle ?

12.

Non, je ne suis pas dans la lune. Mes petits pas sont des petits pas pour tout le monde, pour l'humanité entière. Je ne suis pas dans la lune, c'est autre chose. Je suis réveillée depuis un moment. Il va falloir sortir une jambe du lit. Je tarde, car une fois au sol mes pieds hisseront une affreuse douleur dans le bas de mon dos. Avant de me lever, je regarde ma montre pour vérifier que nous ne sommes pas au milieu de la nuit. Ça arrive. 18 h 12. Ça arrive aussi. J'ai, je crois, dormi toute la journée. Une sacrée sieste. Contrairement à moi, mes siestes ne me jugent pas, c'est reposant. Les jours où je ne peux pas en faire, je m'assieds régulièrement en inventant des histoires à donner des raisons admirables à mes cernes. Nous sommes jeudi probablement. Ce soir je sors, je l'ai promis à Lola et cette promesse m'a valu une sacrée sieste. Toutes les nuits, je me réveille à l'heure où le viol a commencé. La mémoire du corps est aussi puissante et vivante que cela. Impossible de l'endormir. Après avoir sorti une jambe et le reste, il faudra me laver. J'ai beaucoup accusé le froid et ma frilosité de mon désamour de la douche ces derniers temps. Puis, j'ai pensé à la pression, anormalement faible, de l'eau chaude. Le plombier est passé la semaine dernière, le régulateur était mort. Il a soufflé à l'intérieur pour une démonstration. Le neuf chantait comme le vent tandis que l'ancien faisait un bruit de grelots. *Voilà c'est ça, vous entendez, il est foutu.* J'ai prétendu ne pas avoir compris pour le revoir souffler dans les tuyaux. *Quand il fonctionne il doit faire quel bruit ?* Le plombier expliquait chacun de ses gestes. Il agissait à voix haute. D'abord, j'étais réticente à ce donneur de leçons à domicile, puis j'ai fini la tête coincée entre un mur, son bras et une partie du ballon pour mieux le voir faire. Mais la pression de l'eau revenue à la normale, je rechigne toujours à me doucher.

Dans son bureau, Jeanne a pris en photo ma nuque et les traces de ses dix doigts à lui, incrustés là, dans ma peau. Je la revois remettre ses cheveux en ordre. Jeanne replaçait régulièrement sa jolie mèche en arrière et le passage de sa main formait des petits sillons. Je n'ai jamais osé lui demander si je m'étais pissé dessus devant eux, en arrivant. Ou avant.

La scène se déroule dans un train. Un homme passe la tête à travers les portes de différents compartiments. Dans la cabine 17 se trouve une femme seule, il semble la reconnaître. Il entre et s'assied à côté d'elle. Cela ne perturbe pas la femme qui regarde par la fenêtre. L'homme lui tape sur l'épaule pour qu'elle se retourne. À l'instant où son cou dégagé se tourne vers lui, il avance ses deux mains et serre de toutes ses forces. L'homme étrangle la femme. Cela dure longtemps. Elle se débat, un peu, tortille son corps, s'agrippe aux poignets qui la serrent. C'est très long d'étrangler une personne. C'est moins long d'être étranglé. À chaque fois que j'ai vu ce film, je me demandais pourquoi elle ne faisait pas semblant de mourir pour que son agresseur finisse par relâcher la pression.

Non mais elle est complètement conne ou quoi, pourquoi elle ne fait pas semblant de mourir ?

La mort en face, c'était un mélange de panique et de clarté. J'allais mourir. C'était terrible comme c'était simple à comprendre. J'allais mourir ce dimanche matin étranglée par un homme. Lorsque j'en parle, ma nuque se bloque. La mémoire du corps est aussi puissante et vivante que cela. Je n'ai pas vu de lumière blanche. Je n'ai rien vu s'accélérer. J'ai vu l'une à côté de l'autre toutes les personnes que j'aime.

Ah tu kiffes les meufs, je vais te faire kiffer.

Ces phrases à lui. La honte de ma vie. Entre ses mains qui serrent, l'évidence et la confusion. Alors même qu'une partie de moi acceptait déjà de mourir, je me battais et organisais des stratagèmes dingues pour survivre. Aujourd'hui, je suis encore sur la crête, entre la vie et la mort, convaincue que chaque seconde peut basculer d'un côté ou de l'autre. C'est épuisant. C'est peut-être cela que l'on nomme la survie.

Ah tu kiffes les meufs,
je vais te faire kiffer moi.
T'as compris maintenant ?
Tu feras moins ta conne ?

S'approcher de l'évier, saisir l'éponge, constater le décollement de la face verte, le constater un long moment, en penser quelque chose, oublier quoi, sentir mes doigts, essuyer avec mon poignet l'eau sur le bout de mon nez, renverser le Paic d'un geste presque vif, donner plusieurs à-coups et presser son ventre. Ma nonchalance apparente m'épuise comme un effort. Ça ne se voit pas mais chacun de mes déplacements est précieusement étudié. Mon air détaché guette. Non, je ne suis pas dans la lune. Après la vaisselle, je fais une petite halte sur la banquette du salon. Sa mousse, plutôt ferme, m'empêchera de tenter un autre repos, beaucoup trop fréquents ces derniers temps. Je vais passer à l'épicerie pour acheter une bière et la boire. Je prendrai quelques bonbons au passage.

Je suis une enfant, je l'ai toujours été. Je suis maintenant une enfant alcoolique. Devant l'étagère des friandises, j'hésite. En regardant l'épicier derrière son comptoir, je me demande s'il a une arme cachée au fond d'un tiroir. J'en ai une chez moi, un pistolet, factice. Il m'a coûté presque autant d'argent qu'un vrai. *La vérité ne vaut pas plus que le mensonge*, m'a lancé plein d'arrogance le vendeur lorsque je lui ai demandé pourquoi la différence de prix était si faible.

La difficulté principale est d'arriver à faire le point de la cible au viseur, et du viseur à la cible, rapidement et continuellement. Fermer un œil peut aider. C'est plus confortable. Pour moi, le gauche. *Le résultat d'un tir est la conséquence d'un travail technique*, m'a dit Mika, et cette dernière phrase m'a fait autant d'effet que celle-ci, *Quand t'as mangé, t'as moins faim.* L'index se positionne sur la gâchette et la presse jusqu'à un point de résistance, appelé point dur. Tout l'art du tir réside en notre capacité à ne pas laisser notre tête prévenir la détonation. *Quand tu sautes en parachute, la porte s'ouvre, tu sautes, tu ne comprends pas trop ce qui se passe. La deuxième fois, tu commences à te rappeler de tout, la porte qui s'ouvre, l'odeur du kérosène, etc. Tu flippes. Contrairement à ce que l'on pense, l'inconnu ça ne fait pas flipper.* Je dois être surprise par le coup de feu. Ne pas anticiper le recul. Mika pense à sa ceinture pour déjouer les anticipations de son cerveau. Sa technique, *J'ai jusqu'à la fin de l'expiration pour tirer, pour ne pas penser au tir, je me concentre sur la sensation de ma ceinture qui serre de moins en moins mon ventre.* J'ai regardé son torse, sa chemise légèrement ouverte. Une petite chaîne, peu de poils. Pas de gilet pare-balles. J'ai imaginé l'impact dans sa peau, les différences qu'il y aurait avec les impacts, les déchirures sur le carton. Le sang. Ses mains presseraient la blessure. Il pourrait crier, mais la soufflerie de l'espace où nous tirons, l'espace d'initiation, couvrirait ses appels à l'aide. On compte jusqu'à dix, inspiration, ceinture, oublier la sensation de l'explosion entre mes mains. J'ai imaginé son corps s'effondrer, 9, 8, l'impact ébranler son corps, 5, 4, trembler. En espérant que l'ourlet de sa chemise tienne sa place, serré autour de son biceps, qu'il meure le muscle en valeur, 2, 1. Positionner le doigt sur la gâchette et la presser jusqu'à un point de résistance. À partir de là, laisser un petit temps d'arrêt puis reprendre le mouvement en enfonçant très progressivement la gâchette jusqu'au bout cette fois. Alors, le coup de feu part. Garder l'index enfoncé, baisser mon arme, retirer mon index, le replacer le long du canon par mesure de sécurité, avant le tir suivant. Ce que j'ai préféré travailler, c'est la stratégie de la position des doigts sur la partie gauche de l'arme, pour contrôler et empêcher sa déportation au moment où l'index appuie sur la gâchette. Car sur la cible, la plupart de mes tirs étaient légèrement trop à gauche de ma visée à cause de l'action de mon index droit. Chargeur dans la main, je l'insère, ramène l'arme contre moi, pose ma main au-dessus, la charge, l'incline, tire l'objectif, entrouvre la chambre pour vérifier la présence du doré de la balle et m'assurer ainsi qu'elle est bien chambrée. Je n'ai jamais osé le dire à Mika, mais une fois, une cartouche a rebondi sur mon front. Je me suis sentie humiliée. J'ai pris une dizaine de cours à l'armurerie Jeanne-d'Arc. On y tire à balles réelles. Je pourrais m'en tirer une dans la tête.

Je sais que rue Jeanne-d'Arc, c'est possible. Et cela me réconforte.

Je pose mes canettes et mes fraises Tagada sur le comptoir, *Ce sera tout ?*, me demande l'épicier. Ce sera tout, dans l'immédiat, oui. Mais pas pour toute la vie. Il faudrait définir le *Ce*, le *Sera* et le *Tout*. Tu ne m'auras pas petit épicier, j'ai été interrogée par les plus grands moi. *Mademoiselle, ce sera tout ?* Si Major voyait comme il essaye de me piéger, il serait furieux. Je les connais, les petites questions anodines.

La clef était-elle sur la porte ?

Si la clef est restée sur la porte, juridiquement ce n'est pas une séquestration. Cette nuit-là, trois fois j'ai tenté de m'échapper. La deuxième, j'ai réussi à entrouvrir la porte mais il m'a rattrapée (par les cheveux) avant de refermer la porte (sur laquelle se trouvait la clef).

— Ce sera tout, Mademoiselle ?
— Pourquoi, vous êtes de la police ?

Les questions restent dans l'espace de la stupeur. À cet endroit, où le cerveau mou et informe peut être remodelé et manipulé, les interrogations prennent racine facilement pour me convaincre : je suis quand même, il faut bien le dire, un peu responsable.

Le camion-poubelle passe dans la rue, l'épicier quitte son comptoir, *Excusez-moi Mademoiselle, je reviens*, fonce vers les Orangina, en prend plusieurs entre ses bras et les dépose sur le trottoir devant ses étalages de fruits et légumes à la disposition des éboueurs tout en sueur. Jouer les bons Samaritains peut être une technique pour obtenir les informations qu'il cherche. Restons prudente.

— Ce sera tout, Mademoiselle ?

— Oui, Monsieur. Mais l'alcool ce n'est pas pour moi hein. Pas plus que les bonbons d'ailleurs. S'il avait sa main dans ma bouche il ne me tenait pas. Je ne mange plus de bonbons depuis longtemps, je suis une adulte normale. Et mes parents s'aimaient lorsque j'étais petite. J'en ai le souvenir. Je ne regarde jamais de films pornographiques car lorsque l'on perd sa mère enfant, il y a toujours une personne bien intentionnée pour vous dire *Où que tu sois ta maman te regarde.* Je suis homosexuelle mais je peux vous assurer que mes pratiques sexuelles sont tout ce qu'il y a de plus normales. N.O.R.M.A.L.E.S., Monsieur. Vraiment. On a vérifié avec des experts diplômés.

De retour sur la banquette de mon salon, j'ouvre une canette. Et la première gorgée ne m'inspire aucune poésie.

Un jour, quelques jours après, j'ai rangé mon ordinateur dans la machine à laver. Pour que le souvenir de ce fait n'appartienne pas uniquement à cette nuit-là. Pour que rien n'appartienne à cette nuit-là. Parce que j'aurais aimé pouvoir répondre au Major, *J'ai l'habitude de le ranger là, pas vous ?* Parce que j'aurais aimé ne jamais avoir à lui dire, *Quand je suis tombée dans les pommes, il s'est calmé. À mon réveil, je me suis réfugiée dans la salle de bains. Puis je l'ai entendu fouiller dans mes affaires. Alors j'ai pensé à mon ordinateur. Je suis ressortie. J'ai longé le mur du couloir discrètement jusqu'à la cuisine. J'ai récupéré mon ordinateur resté là, et je suis retournée sans faire de bruit dans la salle de bains où je l'ai caché dans la machine à laver. Après tout ce qu'il m'avait fait, l'idée qu'il touche à mon ordinateur me rendait dingue.*

J'allume *RespiRelax+*.

Je ne porte plus de jeans.

J'apprends à vivre avec une note sensible collée au cœur.

La première personne que j'ai appelée cette nuit-là après qu'il est parti ne m'a posé aucune question. J'ai dit, *J'ai peur qu'il revienne.* Elle a simplement répondu, *Je sais.* Lola, pour l'avoir vécu, savait.

Il faut que je regarde le trajet pour aller à la fête. J'allume mon ordinateur. Je ne me souviens plus du nom de la rue, pourtant je l'avais noté dans mon moteur de recherche hier soir, mais j'efface systématiquement mon historique depuis que j'y ai tapé une fois « syndrome de Stockholm ». Celui qui vous tue était là au moment le plus crucial de votre vie. Par l'intensité de l'événement, je suis liée à lui plus qu'à quiconque. La gamme est mineure et les notes sensibles me rendent suspecte. Le crime est parfait. Ma bière finie, je prends quelques minutes devant le miroir caché dans le placard. Avant de sortir, il faut me réconcilier avec moi-même. Il ne faut pas se haïr avant de sortir. Dans le métro, dès qu'un homme a sa silhouette, je m'assieds à côté. Ce n'est pas par masochisme. On peut regarder le vide lorsqu'on a le vertige, une fois, deux fois, trois fois, pensant que la peur s'estompera si on la fatigue. Mais non, ce n'est pas la peur que je cherche à fatiguer car de peurs, je n'en ai plus et c'est effrayant. Ce n'est pas ma peur qui est continuellement présente, c'est ma tristesse. Elle se lève avant moi et se couche bien après.

Place de la Bastille. Il avait beaucoup de gel dans les cheveux. Je l'ai chambré. Il a rigolé. Les personnes qui ont de l'autodérision m'inspirent confiance. Il a vu mon livre traîner par terre, il l'a mis à l'intérieur de sa veste, *Il va s'abîmer si tu le laisses là.* Il a fait une blague sur la couverture, je lui ai raconté de quoi ça parlait. Au stand de tir, Mika disait, *Tu vérifies que la balle est chambrée, c'est-à-dire prête à partir.* Souvent, on confond la balle et la cartouche. La balle est dans la cartouche, et au moment de tirer elle est projetée sur la cible tandis que la cartouche vide s'échappe sur le côté. J'arrive bientôt. Je décide de descendre une station de métro avant pour marcher un peu. La bulle monte et descend sur l'écran de mon téléphone. Mon air détaché commence à déployer sa vigilance à chaque coin de rue. Pour l'étourdir, je me sers de l'alcool. Et parfois, je me retrouve à prendre une trace de cocaïne sur la cuvette sale des toilettes publiques d'un trottoir.

Dans le bar, je fais rapidement l'état des lieux. J'évalue le danger. Lola s'approche et me parle. J'arrive presque à suivre l'ensemble de la conversation. Souvent, d'un coup, au milieu d'une phrase, je sors du regard de l'autre. Sans jamais réussir à y revenir. Une seule chose m'a sauvé la vie cette nuit-là. Je suis tombée dans les pommes. Une seule fraction de seconde probablement. Mais je n'étais pas là quand il a arrêté. Je me demande, lorsqu'on reprend connaissance, reprend-on le cours des choses où on les avait laissées alors même que leur cours n'a pas cessé ? Comment puis-je éprouver qu'il a cessé de me violer ? J'attends quelque chose qui a déjà eu lieu, sans moi, sans ma conscience.

J'ai perdu connaissance une seule fraction de seconde et elle m'a déplacée un peu à côté de tout. Je suis à une fraction de seconde de vous. Avant de partir, il a senti quelque chose dans sa veste, *Ah ! Ton livre, tiens.* Il l'a posé sur mon bureau et m'a demandé un petit bisou. L'infirmière des Unités médico-judiciaires, je l'ai bien vu, s'est retenue de me prendre dans ses bras. Elle a eu un élan vers moi lorsque j'ai vomi devant les urgences, c'est l'un des effets secondaires de la trithérapie. Je l'ai vue s'approcher, ouvrir ses bras, puis les refermer, regarder Lola et lui dire, *Il ne faut pas qu'elle reste seule.* Puis, elle a finalement rouvert ses bras et m'a prise dedans. Pour épuiser la tristesse des uns, il reste la tendresse des autres.

Ce soir, dans le bar, je n'entends plus ce que Lola me raconte, je sens une silhouette s'approcher derrière moi, j'étudie en permanence ce qui s'approche de moi. Une main se pose sur le dossier de la chaise de Lola. Je me jette dessus. Je la saisis et la repousse. Ce n'est que James. Je m'excuse. Les cigarettes à fumer dehors et la queue devant les toilettes sont mes complices pour passer le temps sans faire la fête. Mes amis sont là, je ne les avais pas vus depuis des mois. Je les regarde danser.

S'il avait sa main dans votre bouche,
il ne vous tenait pas.

Je n'ai mangé la main de personne. Je n'ai tué personne. Mais il va falloir me défendre car je suis coupable. Sans victimes déclarées, les crimes n'existent pas. En le révélant, je suis coupable de faire exister le crime.

QUESTION : Avez-vous autre chose à ajouter ?

RÉPONSE : Je voudrais la voir au plus vite pour faire la confrontation. Cette fille est folle.

QUESTION : Que répondez-vous à ces accusations de viol ?

RÉPONSE : C'est un cauchemar. Cette fille m'a piégé. Elle est folle.

QUESTION : Reconnaissez-vous avoir été chez elle cette nuit-là ?

RÉPONSE : Oui. Mais tout le reste n'est que mensonges. Je peux vous raconter toute l'histoire si vous êtes prêt à m'écouter.

13.

— Je n'ai pas le droit de te parler normalement.

— Je sais.

Toujours aussi maigrichon, il s'assoit à côté de moi sur le banc. Le mois d'octobre est particulièrement doux cette année. Il me reconnaît, malgré les cernes et les joues creuses. Malgré les deux années passées et cette casquette bleu marine vissée sur ma tête. Je ne la quitte plus. Par prudence et par honte. C'est très simple et pratique. Il suffit de baisser légèrement la tête et alors l'extrémité de la visière supprime de notre champ de vision tout ce qui se trouve au-dessus. C'est-à-dire, les visages des passants dans la rue, leurs regards posés sur moi et la possibilité de m'en servir pour me juger. C'est arrivé petit à petit. Je la mettais de temps en temps, puis tous les jours, et maintenant chez moi. Je l'ai achetée dans une librairie. Une très grande avec un espace produits dérivés. J'ai une casquette Harry Potter.

— Il faut que je vous raconte. C'est simple en vérité. Prenez un carnet. Prenez des notes, Major.

Si je devais pleurer ce que le viol a détruit en moi, je pleurerais toute ma vie. Alors, je vais plutôt pleurer lorsque ma tartine va s'écraser côté confiture sur le carrelage. Ce que j'ai perdu cette nuit-là n'est même pas dicible, alors oui, je vais plutôt pleurer mon jean préféré. Car faire le deuil du reste pourrait me tuer. Au début, du moins. Ce que j'ai perdu cette nuit-là s'appelle peut-être la légèreté. Je préfère, dans un premier temps, penser que je vais devoir apprendre à vivre sans mon jean préféré plutôt que sans légèreté. Je ne crois plus en rien. Et ici je ne parle pas de croire en Dieu ou en l'amour. Je ne crois plus au fait qu'une table à quatre pieds tienne. Je ne suis plus certaine que si je pose un objet sur une table, il ne s'écrasera pas au sol instantanément. Je dois apprendre à vivre sans cette simple certitude qu'une table à quatre pieds tienne. Plus les certitudes sont simples et anodines plus il est difficile de vivre sans.

— Petite, ton jean…
— Contentez-vous de noter, Major.

Je suis la victime encore vivante d'un crime. Je complique les choses.

— Notez, Major. Votre stylo fonctionne mal on dirait, prenez le mien.
— Ça va bientôt être l'heure, petite.
— Il nous reste quelques minutes. Ça ne sera pas long.

Le corps est un lieu qu'on ne quitte jamais. Je peux quitter une ville, un pays, une personne, m'en éloigner du moins. Mais lorsque l'événement a eu lieu dans le corps, en son creux, au fond du ventre, on est condamné à vivre avec. L'endroit où ça a basculé est aussi mon système digestif, respiratoire, émotionnel, de pensée…

L'enfer de cette nuit-là, je le garderai à jamais, parce que le lieu même du crime me sert à avancer. Tous les matins, je lui mets ses petites chaussures. Et le fond du ventre, ce n'est pas très loin du cœur.

— Major, si le lieu du crime est notre corps, à votre avis, que se passe-t-il pour nous lorsqu'un *non-lieu* est prononcé ?

— Bon, bon…

— Tenez Major, vous voulez une cigarette ?

— Il va falloir y aller, petite.

— Major, je voudrais vous demander un service. Je voudrais mettre ma main dans votre bouche et qu'ensuite vous réfléchissiez très sérieusement à la phrase suivante :

S'il avait la main dans votre bouche,
il ne vous tenait pas.

— Vous voulez bien, Major ? Ouvrez la bouche. Allez. Faites un effort. J'y mets mon poing et on continue de discuter tranquillement ?

— J'espère que tu vas t'en sortir, petite.

Le Major se lève.
Ma gorge s'étrangle toute seule.

— Major, une dernière chose, dites à votre choupette qu'il est très dangereux de porter plainte lorsqu'on est coupable. Dites-lui aussi qu'elle est née coupable.

Major me sourit. Je lui souris.

Je quitte le banc et avance sur le parvis du tribunal. Au loin, Maître I., sa robe de travers, me fait signe. Dans ma poche, plié en quatre, je serre dans ma main un morceau de papier sur lequel j'ai recopié au crayon de bois ce passage du *Procès* de Franz Kafka, « Tu te trompes au sujet du tribunal, fit l'ecclésiastique, les textes qui servent de préambule à la loi évoquent cette erreur : Devant la loi, il y a un portier. Un homme de la campagne arrive devant ce portier et sollicite l'entrée. Mais le portier déclare que pour l'instant, il ne peut lui permettre d'entrer. L'homme réfléchit, puis demande si alors, il pourra entrer plus tard. "C'est possible, dit le portier, mais pas pour l'instant." La porte de la loi étant ouverte comme toujours, le portier s'écarte, et l'homme se penche pour regarder à l'intérieur, à travers la porte. Voyant cela, le portier se met à rire et dit : "Si tu es tellement attiré, essaie d'entrer malgré mon interdiction. Mais attention : je suis puissant. Et je ne suis pas le dernier de tous les portiers. Mais de salle en salle, il y a des portiers, chacun plus puissant que le précédent." »

Un vent léger se lève. J'enfonce un peu plus ma casquette pour qu'elle ne s'envole pas.

14.

Ah tu kiffes les meufs,
je vais te faire kiffer moi.
T'as compris maintenant ?
Tu feras moins ta conne ?

Maintenant je peux te répondre.
Et je te réponds.
De mon plein gré.

Jamais

Cet ouvrage a été achevé d'imprimer
par Dupli-Print à Domont (95)
pour le compte des Éditions Grasset
en novembre 2021

Composition et mise en pages
Nord Compo à Villeneuve-d'Ascq

PAPIER À BASE DE
FIBRES CERTIFIÉES

Grasset s'engage pour
l'environnement en réduisant
l'empreinte carbone de ses livres.
Celle de cet exemplaire est de :
450 g éq. CO_2
Rendez-vous sur
www.grasset-durable.fr

Première édition, dépôt légal : mars 2021
Nouveau tirage, dépôt légal : novembre 2021
N° d'édition : 22239 – N° d'impression : 2021102673

Imprimé en France